춘향전

책 세 상 문 고

세 계 문 학

0 2 5

춘향전

春香傳

조경남 원작
설성경 옮김

책세상

일러두기

1. 현재 전하는 19세기의 필사본 및 목판본 《춘향전》 텍스트들은 17세기의 산서(山西) 조경남(趙慶男)의 《춘향전》 이래, 18세기 개작자의 소설과 창우들의 판소리를 거치면서 성숙되고 변이된 것들이다. 19세기에 향수되던 《춘향전》 중에서 소설 《춘향전》으로는 별춘향전계 작품, 남원고사계 작품이 대표적이다. 이 책은 남원고사계 《춘향전》의 하나인, 일본 도쿄의 동양문고(東洋文庫)에 소장되어 있는 필사본을 저본으로 삼고 별춘향전계 텍스트를 참조하여 옮긴이가 재구성하고 현대어로 옮긴 것이다.

2. 주석은 모두 옮긴이의 것이다.

3. 맞춤법과 외래어 표기는 1989년 3월 1일부터 시행된 〈한글 맞춤법 규정〉과 《문교부 편수자료》, 《표준국어대사전》(국립국어연구소, 1999)을 따랐다.

차례

숙종 대왕 즉위 초기는 성덕이 넓어 성자(聖子)와 성손(聖孫)이 대대로 이어져 요순 시절이요, 의관과 문물 또한 우왕 시절에 비길 만하다. 좌우를 보필하는 문신들은 초석과 같은 신하들이요, 무신 또한 용맹 있는 장수들이다. 조정의 덕화가 방방곡곡에 퍼지고 사해의 굳은 기운이 곳곳에 미쳐서, 충신이 조정에 가득하고 효자와 열녀가 집집마다 가득하다. 일기 또한 순조로워 풍년이 거듭 드니 생활이 넉넉한 백성들은 곳곳에서 격양가를 부른다.

이때에 전라도 남원 부사로 이등(李等) 사또가 부임한다. 아들 도령은 나이 십육 세로 진유자(陳儒子)[1]의 얼굴에 두목지(杜牧之)[2]의 풍채와 이태백(李太白)[3]의 문장과 왕희지(王羲之)[4]의 필법을 두루 갖추었다. 이 사또는 자식 사랑이 지나쳐 부임하자마자 기생으로 하여금 책방 도령에게 수청을 들게 하려고 하니 호색할까 염려되고, 통인으로 하여금 수청을 들게 하려고 하니 용모가 상할까 걱정되어[5] 관속들에게 분부한다.

"만일 책방에 기생 수청을 들이거나 반반한 통인 수청을 들이는 폐단이 있으면 너희를 잡아들여 복사뼈를 뚫고 후추를 집어넣으리라. 그러면 미쳐 웃으며 죽으리라!"

사또가 이토록 지독하고 악랄하게 분부를 내리니, 역적의 아들이라 해도 어찌 살진 암캉아지 한 마리나마 책방 근처에 보내겠는가. 설령 책방에 수청을 들인다 해도 귀신이 다 된 아이놈만 들인다.

그 아이놈의 모습을 자세히 살펴보면, 대가리는 북통 같고, 얼굴은 밀매판 같고, 코는 얼어 죽은 초빈(草殯) 줄기만하고, 입은 귀까지 돌아가고, 눈구멍은 총구멍 같아서 깊든지 말든지 이달에 울 일이 있으면 다음달 초승에 눈물이 맺혔다가 스무 날쯤 되어야 떨어진다. 또 얽든지 말든지 얽은 구멍에 탁주 두 푼어치를 부어도 차지 않으며, 몸집은 동대문 안의 인정(人定)만하고, 두 다리는 휘경원 정자각(丁字閣) 기둥만하다. 키는 팔 척의 장신인데 발은 겨우 개 발만하고 종아리는 비상 먹은 쥐 다리 같아서 바람 부는 날이면 간들간들하다가 거센 바람이 부는 날이면 가끔 넘어지는 아이놈으로 하여금 수청을 들게 한다.

도령은 책방에 홀로 앉아 탄식한다.

"세상 일을 곰곰이 생각해보니 창해 위에 떠 있는 좁쌀 하나와 같다. 은행나무는 나무라 하더라도 자웅으로 마주 서고, 음양수는 물이라 하더라도 품격 있게 돌아들고, 원앙은 새라 하더라도 암컷이 수컷을 따라 날아들고, 화반초는 풀이라 하더라도 사철 중 긴 봄에 마주 나고, 망주석은 돌이라 하더라도 둘이 서서 마주 본다. 날짐승도 짝이 있고, 길벌레도 짝이 있고, 헌 고리도 짝이 있고, 헌 짚신도 짝이 있는데, 내 팔자는 어떻기에 어젯밤도 새우잠 자고 오늘 밤도 새우잠 자고, 매일 한결같이 새우잠만 자야 하는가. 어떤 부모는 아들딸 낳아 장가보내고 시집보낸 후에 손자손녀를 보아 안고 자고 재롱을 보고, 어떤 부모는 주변이 없고 된 데가 없어 자식 나 하나만 두고 청춘 이십 당하도록 독수공방 시키는가. 서러워 차마 못 살겠네!"

이렇듯 탄식하며 시절을 돌아보니 때마침 춘삼월이라 초목과 모든 생물들이 스스로 즐기고 있다. 떡갈나무에 속잎이 나고 노고지리가 높이 떴다. 건넛산에 아지랑이 끼고, 잔디마다 속잎 나고, 달바자는 쨍쨍 울고, 삼 년 묵은 말가죽은 외용죄용 소리한다. 성년이 된 아이는 군복 입고 거둥 참례하러 가고, 청개구리는 처음으로 상투를 틀고 동네 어른 찾아본다. 고양이는 화장을 하고 시집가고, 암캐는 서답[6] 차고 월경을 하고, 너구리는 넛손자 보고, 두꺼비는 외손자 보고, 다람쥐는 용두질하고, 과부는 기지개 켠다.

이 도령은 마음이 홍글항글하여[7] 방탕한 마음을 이길 수 없어 산천경개를 보려고 방자를 불러 분부한다.

"이 고을 구경처로 어디가 유명하냐?"

방자 대답한다.

"무슨 구경을 보려 하오? 행행섬점정환사(行行點點整還斜)하니 욕하한공숙난사(欲下寒空宿暖沙)라. 괴득편번이별안(怪得翩翩移別岸)하니 촉조인어격노화(蜀鳥人語隔蘆花)라.[8] 평사낙안(平沙落雁) 경이오니 이를 구경하려 하오?

행주가객사아동(行舟賈客似兒童)하니 향화인인걸순풍(香火人人乞順風)을, 뇌시호신능범응(賴是湖神能泛應)하니 중범제거각서동(衆帆齊擧各西東)[9]을, 원포귀범(遠浦歸帆) 경이오니 이를 구경하려 하오?

풍엽노화수국추(楓葉蘆花水國秋)하니 일강풍우쇄편주(一江風雨灑扁舟)를, 청련고범무인도(靑連孤帆無人渡)하니 단근창오원야수(旦近蒼梧怨夜愁)라. 소상야우(瀟湘夜雨) 경이오니[10] 이를 구경하려 하오?

반희초객삼경혼(班姬招客三更昏)하니 만경추광범소도(萬頃秋光泛素濤)라 호상(湖上)의 수가취철적(誰家吹鐵笛)인가 벽천무제안행고(碧天無際雁行高)라.[11] 동정추월(洞庭秋月) 경이오니 이를 구경하려 하오?

낙일간간함원수(落日看看銜遠岫)하고 귀조인인상한정(歸潮咽咽上寒汀)을 어인거입노화설(漁人去入蘆花雪)하니 수점취연만갱청(數點炊煙晚更晴)[12]이라 어촌낙조(漁村落照) 경이오니 이를 구경하려 하오?

유서비공욕하지(柳絮飛空欲下遲)하니 매화낙지역다자(梅花

落地亦多姿)라. 일준차진강루주(一樽且盡江樓酒)하니 간도사옹
권조시(看到蓑翁捲釣時)라.[13] 강천모설(江天暮雪) 경이오니 이
를 구경하려 하오?

막막평림취애한(漠漠平林翠靄寒)하니 누대은조격라환(樓臺
隱釣隔羅紈)을, 하당권지풍취거(何當捲地風吹去)요 환아왕가착
색산(還我王家著色山)[14]을 산시청남(山市晴嵐) 경이오니 이를
구경하려 하오?

일폭단청전불봉(一幅丹青展不封)하니 수행수묵담환농(數行
水墨淡還濃)하여 불응화필진능이(不應畵筆眞能爾)라. 남사종잔
북사종(南寺鐘殘北寺鐘)[15]인데 연사모종(煙寺暮鐘) 경이오니
동정호에 가려 하오?"

"동정호 칠백 리는 배가 없어 못 가겠다."

"그러면 악양루에 가려 하오?"

"두자미(杜子美)의 글에서 '친붕무일자(親朋無一字)하고 노
병유고주(老病有孤舟)라'[16] 하니 악양루도 못 가겠다."

"그러면 봉황대에 가려 하오?"

"'봉황대상봉황유(鳳凰臺上鳳凰遊)러니 봉거대공강자류(鳳
去臺空江自流)라'[17]. 봉황대도 못 가겠다."

"그러면 이것저것 다 던지고 관동팔경 보려 하오?"

"아서라, 그것도 싫다."

방자 놈이 대꾸한다.

"예로부터 이른 말이 경궁요대 좋다 하되 별이 다하여 볼
길 없고, 위무제의 동작대와 수양제의 십육원(十六院)도 자고

비어대상(飛鳥飛於臺上)[18]이라. 황학루 등왕각 고소성 한산사 함외장강공자류(檻外長江空自流)[19]라. 고려국 명산은 금강산이요, 기자(箕子) 왕성(王城)은 묘향산이라. 진주 촉석루, 함흥 낙민루, 평양 연광정, 선천 강선루, 밀양 영남루, 창원 벽허루, 해주 부용당, 안주 벽상루, 의주 통군정, 영동 구읍, 호남의 네 고을 다 훌쩍 던져두고 동 부암, 서 진관, 남 삼막, 북 승가라. 남한 북한 청계 관악 도봉 망월은 호거룡반세(虎踞龍盤勢)[20]로 북극을 괸 경이 거룩하다 하지만, 본 읍의 광한루가 경개 절승 유명하여 시인 소객(騷客)들이 소강남에 견주었고, 풍류호사(風流好事) 칭찬하되 별유천지비인간(別有天地非人間)[21]이라 일컫습니다."

"어허, 네 말과 같다면 빼어난 경개임이 분명하다. 아무튼 구경 가자!"

방자 놈이 대꾸한다.

"이런 분부는 아예 생각도 마십시오. 사또의 분부가 지엄한 줄 뻔히 알면서 생사람 곯리려고 구경 가자 하십니까?"

이 도령이 말한다.

"우리 단둘이 하는 일을 알 사람이 있겠느냐. 사또 분부는 염려 말아라. 내가 다 수습하마. 공방을 불러 준비하여라!"

주모를 불러 술과 안주를 차린다. 노새에는 수놓은 안장에 은입사 선후걸이로 당매듭[22]을 짓는다.

도련님의 호사를 보니 꾸민 의복이 맵시가 있다. 삼단 같은 헝클어진 머리는 반달 같은 빗으로 솰솰 흘려 빗고 전판(剪

板)같이 넓게 땋아, 수놓은 갑사 토막 댕기 석웅황(石雄黃)이 더욱 좋다. 생명주 겹바지에 당베로 만든 중의를 받쳐 입고, 옥색 항라로 만든 겹저고리를 입고, 대방전(大房廛)에는 약주머니를, 당갑사로 만든 수향배자(袖香褙子)에는 가화(假花)본으로 옥단추를 달고, 당모시로 만든 중치막에 생초(生綃)로 만든 긴 옷을 받쳐 입었다. 삼승 버선 통행전(筒行纏)에 회색의 운혜를 맵시 있게 지어 신고, 한포단(寒布緞) 허리띠의 모초단(毛綃緞)으로 만든 둥근 주머니에 주황 당사(唐絲)로 엮은 매듭을 보기 좋게 꿰어 찼다. 자주 갑사(甲絲)로 만든 넓은 띠를 가는 허리에 춘풍처럼 비껴 띠고, 분홍 당지로 만든 승두선에 탐화봉접(探花蜂蝶)을 그려 쥐고, 김해에서 난 간죽으로 만든 백통대에 삼등초를 피워 물었다.

　방자 놈을 앞세우고 뒤를 따라, 탄탄대로 넓은 길을 마음 심(心) 자, 갈 지(之) 자로 양류춘풍(楊柳春風)의 꾀꼬리같이 걷기도 하고 타기도 하며 광한루를 찾아간다.

　산천의 경개를 역력히 살펴보니, 산은 첩첩 천봉이요 물은 잔잔 벽계다. 기이한 바위가 층층 절벽 사이에 폭포처럼 떨어지고 늙은 소나무가 빽빽하고 벽도화가 난만한데, 꽃 속에 잠들어 있는 나비가 발소리에 훨훨 난다. 쳐다보니 만학천봉(萬壑千峰)이요, 굽어보니 층층 절벽이라. 먼 산은 겹겹이요 가까운 산은 첩첩이다. 태산은 주춤, 낙화는 동동, 시내는 잔잔, 이 골 물과 저 골 물이 한데 어울려 굽이굽이 출렁출렁 흘러간다. 꽃은 피었다가 저절로 지고 잎은 피었다가 겨울철을 당하면 사나운 바람에 다 떨어져 속절없이 낙엽 되어 아주 펄펄 흩날리니 그것 또한 구경거리다.

또 한 곳을 바라보니 버들이 널렸는데, 당버들에 개버들, 수양버들에 능수버들, 새로 났다 홍제원 버들. 춘풍이 불 때마다 너울너울 춤을 추고, 함전도화부상류(檻前桃花扶桑柳)[23]는 가지가지 봄빛이다. 화중두견류상앵(花中杜鵑柳上鶯)[24]은 곳곳마다 봄 소리로 난만히 지저귀고, 화간접무분분설(花間蝶舞紛紛雪)[25]이요, 유상앵비편편금(柳上鶯飛片片金)[26]이며, 점점낙화(點點落花)가 청계변(淸溪邊)에 굽이굽이 떠나간다.[27]

또 한 곳을 바라보니 각색의 초목이 무성하다. 어주축수애산춘(漁舟逐水愛山春)[28]하니 무릉도원 복숭아꽃, 차문주가하처재(借問酒家何處在)[29]요, 목동요지(牧童遙指) 살구꽃, 북창삼월청풍취(北窓三月淸風吹)[30]하니 옥창오경(玉窓五更) 앵두꽃, 위성조우읍경진(渭城朝雨浥輕塵)[31]하니 객사청청(客舍靑靑) 버들꽃, 난만화중(爛漫花中) 철쭉꽃, 고추팔월진암초(高秋八月盡庵草)[32]하니 만지추상국화(滿地秋霜菊花)[33]로다. 석양동풍(夕陽東風) 해당화, 절벽강산(絶壁江山) 두견화, 벽해수변(碧海水邊) 신이화(辛夷花), 요수부목(蓼水浮木) 무궁화, 훤칠한 난초, 키 큰 파초, 모란 작약 월계 사계 치자 동백 종려 오동 왜석류 화석류 영산홍 왜철쭉 포도 다래 으름 넌출이 얼크러지고 뒤틀렸다.

또 저편을 살펴보니 갖가지 짐승이 모여든다. 연작(燕雀)은 날아들고 공작은 기어든다. 청자조, 흑자조, 내금정, 외금정,

쌍보라매, 산진이, 수진이, 해동청, 보라매 떴다. 종달새는 청천을 박차고 백운을 무릅쓰고 하늘 높이 떠 있는데, 방정맞은 할미새, 요망한 방울새, 이리로 가며 호로로 빗족, 저리로 가며 빗족 호로로 팽당그르르. 마니산의 갈가마귀는 돌도 차돌도 못 얻어먹고 태백산 기슭으로 골각갈곡 갈으렝갈으렝 울고 간다. 춤 잘 추는 무당새와 정양 쏘는 호반새는 층암절벽 위에 비르르 날아들고, 소상강의 떼기러기는 허공 중에 높이 떠서 지리지리 울며 간다. 겉으로는 비루먹고 속은 아무것도 없이 휑하니 빈 고욤나무 위에 부리 뾰족 허리 질룩 꽁지 뭉뚝한 딱따구리는 크나큰 대부등(大不等)을 한 아름 들입다 험썩 들어 잡고, 오르며 뚜드락 딱딱, 내리며 뚜드락 딱딱 소리를 낸다. 낙락장송 늘어진 가지에 홀로 앉아 우는 새, 밤에 울면 두견새 낮에 울면 접동새, 한 마리는 내려앉고 또 한 마리는 높이 앉아 초나라의 넋이 되어 귀촉도 불여귀(不如歸) 소리로 피나게 슬피 울고, 뻐꾹새도 울음 울고 쑥국새도 울음 운다. 풍년새는 솥 적다 하고 울고, 흉년새는 솥 탱탱 하고 운다.

　길짐승도 기어든다. 산군(山君)은 호표(虎豹)요, 성수(聖獸)는 기린이라. 장생불사(長生不死) 미록(麋鹿)이요, 사과춘산(麝過春山) 궁노루, 시위상서(侍衛尙書) 코끼리, 이리저리 기어들고, 돈피 서피 이리 승냥이 해달피 청설모 다람쥐 잔나비는 휘파람 불고 청개구리는 북질을 한다. 금두꺼비 빨래하고, 청메뚜기 장고 치고, 흑메뚜기 피리 불고, 돌 진 가재 무고 치고, 돼지 밭을 갈고, 수달피 고기 잡고, 암곰이 오입하니 수토끼는

복통을 한다. 다람쥐가 그 꼴을 보고 암상을 낸다.

　도령과 방자는 이런 경개를 다 본 후에 광한루에 이르렀다.

　"방자야, 여기는 무릉도원과 같구나. 광한루도 좋지만 오작
교는 더 좋다. 견우성은 내가 되려니와 직녀성은 누가 되리.
악양루와 등왕각이 아무리 좋다 한들 이보다 더 좋겠느냐?"

　방자가 대답한다.

　"이곳의 경개가 이러하기에 날씨 따뜻하고 채색 구름이 자
욱할 때는 신선이 내려와 놉니다."

　이 도령이 말한다.

　"네 말이 틀림없으리. 별유천지비인간(別有天地非人間)이란
바로 여기를 두고 일컬은 게야."

　술을 몇 잔 기울이고 거닐며 두리번거리며 산천도 살펴보
고 시도 읊고 옛 글귀도 생각하다가 한 곳을 바라보니 별유천
지 그림 속에 한 미인이 있다.

　춘흥을 못 이겨 백옥 같은 고운 모습 옅은 화장으로 다스리
고, 호치단순(晧齒丹脣)[34] 고운 얼굴 삼색도화미개봉(三色桃花
未開封)[35]이 하룻밤 찬 이슬에 반만 핀 형용이요, 청산 같은
두 눈썹은 팔자춘산(八字春山) 다스리고, 흑운 같은 헝클어진
머리 반달 같은 화룡소(畵龍梳)로 아주 쏼쏼 흘려 빗어, 전판
(剪板)같이 넓게 땋아 옥룡잠 금봉채로 사양 머리 쪽을 졌다.
석웅황 진주투심(眞珠套心) 산호가지 감아 얽은 도투락댕기
맵시 있게 드렸으니, 천태산 벽오지의 봉황 꼬리 같다. 당모시
깨끼적삼 초록 갑사 곁마기에, 백문항라(白紋亢羅) 고장 바지

분홍 갑사 넓은 바지, 세류 같은 가는 허리 촉라 요대 눌러 띠고, 용문 갑사 다홍치마 잔살 잡아 떨쳐입었다. 몽고 삼승 곁버선에 초록 우단 수놓은 운혜를 맵시 있게 돋우어 신고, 삼천주 산호수 밀화불수 옥나비며 진주월패 청강석 자개향 비취향을 오색 당사로 끈을 달아 양국대장 병부 차듯, 남북병사 동개 차듯 각 읍 통인 서랍 차듯, 휘늘어지게 넌짓 차고, 방화수류(訪花隨柳)³⁶⁾ 찾아간다.

섬섬옥수 흩날려서 모란꽃도 분질러 머리에 꽂아보고, 척촉화도 분질러 입에 담뿍 물어보고, 녹음 수양 버들잎도 주르륵 훑어다가 맑고 맑은 구곡수에 풍덩실 들이쳐보며, 조약돌도 쥐어다가 양유상(楊柳上)의 꾀꼬리를 후여 날려보고, 청산 그림자 속 녹음 간에 이리저리 들어가니, 길게 드리워진 그넷줄이 벽도화(碧桃花) 늘어진 가지에 휘휘 칭칭 매어져 있다.

저 아이 거동 보소. 맹랑히도 어여쁘다. 섬섬옥수 들어다가 그넷줄을 갈라 쥐고 솟구쳐 날아올라 한 번 굴러 앞이 높고, 두 번 굴러 뒤가 높아 백릉버선 두 발길로 솟아 둘러 높이 차니, 뒤에 꽂은 금봉채와 앞에 지른 민죽절은 바위 위에 떨어져서 뎅그렁뎅그렁 하는 소리 또한 구경거리다.

오가는 거동은 무산(巫山)의 선녀가 구름 타고 양대상(陽臺上)에 내리는 듯하다.

한창 이리 노닐 때에, 이를 바라보는 이 도령은 얼굴이 달아오르고 마음이 취해 눈동자가 몽롱하고 심신이 황홀하다.

"방자야! 저기 저 건너 운무 중에 울긋불긋하고 들락날락하는 것이 사람이냐 신선이냐?"

방자 놈이 답을 한다.

"어디 무엇이 보입니까? 소인의 눈에는 아무것도 아니 보입니다."

이 도령이 묻는다.

"아니 보인다는 말이 웬 말이냐? 멀리 보지를 못하느냐, 청홍을 구별할 줄 모르느냐? 나 보는 대로 자세히 보아라. 선녀가 하강했는가 보다."

"무산(巫山) 십이봉(十二峯)이 아닌데 어찌 선녀가 있겠습니까?"

"그러면 숙낭자냐?"

"이화정(梨花亭)이 아닌데 숙낭자가 웬 말입니까?"

"그러면 서시(西施)로다."

"오왕(吳王)³⁷⁾의 궁중이 아닌데 서시라 하겠습니까?"

"그러면 양귀비(楊貴妃)로다."

"장생전(長生殿)이 아닌데 양귀비가 왜 있겠습니까?"

"그러면 옥이냐 금이냐?"

"여수가 아닌데 금이 어찌 여기 있으며, 형산이 아닌데 옥이 어찌 이곳에 있겠습니까?"

"그러면 도화로다."

"무릉도원(武陵桃源)이 아닌데 도화가 웬 말입니까?"

"그러면 해당화냐?"

"명사십리(明沙十里)가 아닌데 해당화라 하겠습니까?"

"그러면 귀신이냐?"

"천음우습(天陰雨濕)이 아닌데 귀신이 어찌 있겠습니까?"

"그러면 혼백이냐?"

"북망산천(北邙山川)이 아닌데 혼백이 웬일입니까?"

"그러면 일월이냐?"

"부상대택(扶桑大澤)이 아닌데 일월이 어찌 있겠습니까?"

이 도령이 역정을 낸다.

"그러면 네 어미냐 할미냐? 모두 휘몰아 아니라 하니 눈망울이 솟았느냐? 동자가 거꾸로 섰느냐? 온통 뵈는 것이 없다 하니 허로증(虛勞症)에 들렸느냐? 내 보기에 아마도 사람은 아닐 것이다! 천 년 묵은 불여우가 날 홀리려고 왔나 보다."

방자 놈이 대답한다.

"도련님, 여러 말씀은 그만 하오. 저기 저 그네 뛰는 처녀 말씀인가 본데, 녹음이 꽃보다 아름다운 때라 사대부가 처녀가 그네를 뛰러 왔나 봅니다."

"이 아이야, 그렇지 않다. 저 처녀를 보니 청천에 떠 있는 송골매와도 같고, 석양에 나는 물 찬 제비와도 같고, 푸른 물 위의 오리와도 같고, 말 잘하는 앵무새와도 같고, 별 진(辰) 잘 숙(宿) 하니,[38] 여항 처녀가 그러할 까닭이 없다. 너는 이곳에서 태어나고 자라고 놀고 일하고 있어 여러 집 내력을 자세히 알 듯하니 바로 일러라!"

방자 놈이 대답한다.

"진정 그렇게 알고자 하신다면 바른대로 고하겠으나 대가

없이는 옥황상제와 금부처가 명하셔도 바로 고하지 못하겠습니다."

이 도령이 급한 마음에 되는대로 말을 한다.

"그거야 범연히 하겠느냐? 내가 서울 가면 세간 밑천 삼고자 오백 냥을 두었으니 그것을 줄 것이요, 장가들면 예물 주려고 어르신네 평양 감사로 계실 때 장만한 것 있으니 그것도 너를 줄 것이요, 과거급제하면 쓰려고 여러 도구 차려둔 것 있으니 그것도 너를 줄 것이다. 이런 것 모두 몰아 휩쓸어 너를 줄 것이니 제발 바로 일러라!"

방자가 그제야 웃으며 대답한다.

"저 아이는 귀신도 짐승도 아니며, 이 고을 기생 월매의 딸 춘향입니다. 나이는 열여섯인데 인물은 일색이요, 행실은 백옥이요, 재질은 소약란(蘇若蘭)이요, 풍월은 설도(薛濤)요, 가곡은 섬월(蟾月)입니다. 아직까지 서방은 정하지 않았으나, 성품이 매몰하고 교만하고 도도하기가 북극 하늘 문에 턱을 괸 깃과 같습니다."

이 도령이 이 말을 듣고 즐거워한다.

"얼싸 좋을시고!"

이 도령은 다시 허둥지둥 허튼 말을 한다.

"애, 방자야! 우리 둘이 의형제 하자. 방자 동생아 날 살려라. 저 아이가 기생일 것 같으면 구경 한번 못하겠느냐. 바삐 불러오너라!"

방자 놈이 펄쩍펄쩍 뛰면서 대답한다.

"이런 말씀은 다시 하지 마십시오! 저를 부르려 하면, 밥풀을 물고 새 새끼를 부르듯 아주 쉽지만, 만일 이 말이 사또 귓구멍으로 들어가면 방자 이놈은 팔자 없이 늙을 테니 그런 생각과 분불랑은 꿈에도 하지 마십시오."

"죽고 살기는 시왕전에 매였다 하니 경망스럽게 굴지 말고 어서 불러오너라! 내일부터 관청에 들어오는 것을 모두 휩쓸어 방자 형님 댁으로 꿩 진상을 아뢰오 하고 보낼 테니 다른 염려는 꿈에도 말고 어서 바삐 불러오너라!"

방자는 이 도령의 주겠다는 말에 비위가 동하여 한번 웃고 허락한다.

"도련님 말씀이 이러하니 불러오긴 하겠으나 나중에 중병이 나면 그것은 제 알 바 아닙니다. 또 계집 말 부르는 장단이나 아십니까?"

이 도령이 대답한다.

"세상 사람이 남는 것 하나는 있느니라. 왈짜는 망해도 왼다리질 하나는 남고,[39] 부자는 망해도 청동 화로 하나는 남고, 종가는 망해도 신주보(神主褓) 하나는 남고, 남산골 생원은 망해도 걸음걸이 하나는 남고, 노는 계집은 망해도 엉덩이 흔드는 장단 하나는 남는다 하니, 경성에서 나고 자란 내가 설마 계집에게 말 건넬 줄을 모르랴. 방자 형아 주제넘는 아들놈 소리 말고 나는 듯이 불러오라!"

방자, 아래가 머쓱한 참나무를 질끈 분질러 거꾸로 짚고, 녹양방초 뻗은 길로 거드렁 충청 우당탕탕 바삐 간다.

한 모롱이 두 모롱이 훨훨 지나서 나는 듯이 건너가 숨을 헐떡이며 우레 같은 소리를 지른다.

"춘향아 춘향아 무엇 하느냐?"

춘향은 깜짝 놀라 그네에서 뛰어내려, 눈동자를 흘겨 뜨고 붉은 입술을 반쯤 열고 흰 이를 드러내고 묻는다.

"누가 그리 급히 부르느냐?"

방자 놈이 대답한다.

"큰일 났다! 책방 도련님이 광한루에 구경 와 계시다가 너를 보고 온몸의 힘줄이 용대기(龍大旗) 뒷줄이 되었으니[40] 어서 급히 가자!"

춘향은 갖은 교태를 부리면서도 독을 내어 말한다.

"요 방정맞고 요망스러운 녀석아. 사람을 이처럼 놀라게 하느냐? 내가 그네를 뛰든 말든 네게 야단스럽게 춘향이니 사향이니 침향이니 계향이니 곽향이니 회향이니 정향이니 목향이니 네 어미니 네 할미니 갖추갖추 다 읽어 바치라더냐?"

방자 놈이 내꾸란다.

"요년의 아이 녀석아 내 말을 들어라! 욕은 왜 그렇게 더럭더럭 하느냐? 어떤 실없는 놈이 남의 친환(親患)에 손가락 자르듯이 그런 말을 했단 말이냐? 도련님이 워낙 아는 법이 모진 바람벽을 뚫고 나오는 중방 밑의 귀뚜라미의 자식[41]이요, 그넨지 고넌지 추천인지 투천인지 뛰려거든 네 집 뒷동산도 좋고, 대청 들보도 좋고, 정 은근히 뛰려면 네 집 방 안의 횃대 목에 매고 뛰지, 요렇듯 똑 바라진 언덕에서 들락날락하니 장가 안 든 아이놈의 눈꼴이 아니 상하겠느냐? 자세히 들어봐라. 오늘 마침 본관 사또 자제 도련님이 산천경개 구경하려고 광한루에 올랐다가 녹음 중에 그네 뛰는 너의 거동을 보고 성화같이 불러오라 분부가 지엄하니 뉘 분부라 아니 가며 뉘 영이라 거스르겠느냐, 잔말 말고 어서 가자. 바른대로 말해서 우리 도련님이 오입쟁이라. 곧 오매지상(烏梅之上)이요, 초병 마개요,[42] 말에 차인 엉덩이요, 돌에 차인 복사뼈요, 산개미 밑궁이요, 경계주머니 아들이라. 네가 만일 향기로운 말로 맵시 있게 새를 부려 초친 해파리를 만든 후에 항라 속곳 가랑이를 싱숭생숭 빼어내어 아주 똘똘 말아다가 왼편 볼기짝에 붙였으면 그 또한 묘리가 아니겠느냐? 네 덕에 나도 관청 창고지기나 맡아 거드럭거리며 호강 좀 해보자!"

춘향이 대답한다.

"안 가면 누구를 어떻게 하나? 날로 죽이나 생으로 발기나? 비 오는 날 소꼬리처럼 부딪치지 말아라. 궂은 날 개새끼처럼 치근대지 말고 어서 가거라!"

방자 놈이 대답한다.

"네가 요다지 단단하고 거세냐? 도련님 눈가죽이 팽팽한 것이 독살이 위에 없고 만일 수틀리면 네 어미 월매까지 생급살을 당할 것이다. 사양 말고 어서 가자!"

춘향이 하릴없이 따라온다. 치마 뒷자락을 휘감아 앞가슴에 붙이고, 예쁜 걸음을 천천히 걷기를 백모래 위의 금자라 걸음으로, 양지 마당의 씨암탉 걸음으로, 광풍에 나비 놀듯이,

물속에 잉어 놀듯이 가만가만 사뿐사뿐 걸어서 광한루에 이르렀다. 방자 놈이 여쭙는다.

"춘향이 현신 아뢰오!"

이때 이 도령은 눈꼴이 다 뒤틀리고 마음이 방탕해져 두 다리를 잔뜩 꼬고 기다리다가 이 소리를 듣고 엉겁결에 말한다.

"방자야! 뜰 아래 대령하는 것이 될 말이냐. 현신이라는 말이 위격(違格)이니 '어서 바삐 오소서' 하고 여쭈어라!"

춘향이 하릴없이 당상에 올라 절하며 부끄러워한다.

춘향이 눈동자를 궁그리며 몸을 낮춰 나아가 어여쁘게 절을 하니, 이 도령이 일어나 맞이하여 답례 후에 자리를 정하고 자세히 살펴본다.

무릉도원의 도화 일천 송이가 다투어 피어나는 듯, 금분의 모란이 담백하게 피어나서 봄철을 자랑하는 듯, 연못의 백련화 한 가지가 가는 비에 반기는 듯, 부용화가 반쯤 피니 상서로운 안개가 바야흐로 짙어진다.

친 가지 저 태의 만 가지 고움은 지녔으니 만고의 짝이 없는 국색(國色)[43]이 분명하다.

이 도령이 한번 보고 정신이 황홀하고 심신이 녹는 듯하여 말한다.

"남 홀리게 생겼다. 남의 뼈 빼게 생겼다. 남의 간장 녹이게 생겼다. 꽃 같은 용모와 달 같은 태도가 향기로워 내 정신 다 빼앗는다. 그래 성명은 무엇이라 하며, 나이는 얼만가?"

춘향이 예쁜 눈썹을 찡그리고 붉은 입술 하얀 이를 잠깐 열어 나직이 여쭙는다.

"소녀의 성은 성이요, 이름은 춘향입니다. 나이는 열여섯이옵니다."

이 도령이 묻는다.

"신통하다! 네 나이 열여섯이니 나의 사사 십육과 정동갑이구나!"

또 묻는다.

"생월생시는 언제인가?"

춘향이 대답한다.

"사월 초팔일 축시입니다."

"어허 신통하다. 방자야, 네가 아까 수군수군하더니 내 생일을 다 일러바쳤나 보다. 그렇지 않다면 이런 일이 있느냐. 정말로 기이하다. 다 맞아오다가 똑 시만 다르니, 나 해산할 때 내 모친이 불수산(佛手散)⁴⁴⁾을 급히 달여 거꾸로 먹었다면 사주가 같을 뻔했다. 어찌 반갑지 않으며 기쁘지 않으리. 네 인물과 태도는 세상에 쌍이 없을 정도로 절묘하고 어여쁘다! 매화 등걸에 앉아 있는 두루미와도 같고, 줄 위에 앉아 있는 초록 제비와도 같구나. 연분 있어 이러한지 인연 있어 이러한지, 너 살아야 나도 살고 나 살아야 너 살리라. 우리 둘이 인연 맺어 백년해로하려 하니 잔말 말고 날 섬겨라. 하늘이 마련하고 귀신이 지시한 천정배필이니 우리 둘이 백년가약을 맺자."

춘향이 이 말을 듣고 눈을 들어 도령을 살펴보니 만고의 영걸로 당 현종의 풍채라. 일국의 재상이 되어 보국안민(輔國安

民)할 것이요, 귀골과 풍채는 헌앙하여 이적선(李謫仙)의 후신과 같다.

춘향이 속으로 탄복하고 우러르는 마음을 가졌지만 내색하지 않고 대답한다.

"소첩이 비록 창가의 천한 기생이요, 시골의 무딘 소견을 지닌 사람이지만 마음은 북극 천문에 턱을 걸어 남의 별실 되기를 가소롭게 여기고, 담장 곁의 꽃을 찾아드는 나비나 벌 같은 이의 창부는 원치 않으니 분부를 시행하지 못하겠습니다."

이 도령이 말한다.

"중매를 넣어 혼인을 의논하거나 육례를 갖춘 혼인은 못하겠지만 결친 납빙(納聘)[45]에 백년해로는 분명하게 할 것이니 사양하는 마음은 접고 허락하라!"

춘향이 또 여쭙는다.

"소첩의 뜻을 꺾어 마음대로 인연을 맺지는 못할 것입니다. 첩이 원하는 바는 요순 시절의 소부 허유 같은 사람, 한나라 광무제 때의 엄자릉 같은 사람, 당나라의 이광필 같은 사람, 진나라의 사안석 같은 사람, 삼국 때의 주공근 같은 사람 아니면 대원수 인(印)을 비껴 차고 금단에 높이 앉아 천병만마를 지휘하는 대장 낭군이오니, 그렇지 아니하오면 백골이 진토되어도 독수공방을 할 것입니다."

이 도령이 말한다.

"너는 어떤 집 계집아이기에 장부의 간장을 다 녹이느냐? 네 뜻이 이와 같다면 나 같은 사람은 엿보지도 못하겠구나. 그

26

러지 말고 처녀 총각으로 놀아보자."

춘향이 여쭙는다.

"진정으로 말씀드리오리다. 도련님은 귀공자시고 소첩은 천한 기생입니다. 지금 도련님이 욕심으로 이리저리했다가 사또께서 체귀하신 후에 권문세가의 숙녀를 아내로 맞아들여 금슬 좋게 즐기느라 첩을 헌 신같이 버리시면 첩은 가련한 신세가 되지 않겠습니까. 아무래도 이 분부는 시행하지 못하겠습니다."

이 도령이 심신이 황홀하여 달랜다.

"상담(常談)에 이르기를 '노류장화(路柳墻花)는 인개가절(人皆可折)이라' [46] 하더니, 너와 같은 정열의 마음이 고금천지에 또 있겠느냐? 그런 일은 조금도 염려 말아라. 인연을 맺어도 본 장가처로 맺고, 사또가 벼슬을 그만두고 떠나도 내 어찌너를 두고 떠나겠느냐. 명주 적삼 속자락에 싸고 갈망정 두고 가겠느냐, 태산을 끼고 북해를 뛰어넘듯 뛰어갈망정 두고 가겠느냐, 우리 대부인을 두고 갈망정 양반의 자식이 되어 일구이언하겠느냐? 데려가되 향정자에 배행하여 모시리라."

춘향이 이 말을 듣고 웃으며 말한다.

"산 사람도 향정자를 타고 갑니까?"

"아차 잊었구나! 쌍가마에 모시리라."

"대부인 타실 것을 어찌 타오리까?"

"대부인은 집안 어른이다. 허물없는 터이니, 위급하다면 삿갓가마는 못 타시랴. 잡말 말고 허락하라!"

춘향이 하릴없이 여쭙는다.

"도련님 굳은 뜻이 그러하시면 하찮은 여자로서 황공함을
금할 길 없으니 어찌 받들지 않겠습니까? 다만 세상일을 예측
하기 어려워 후일 증빙할 물건이 필요할 테니 문서를 만들어
소첩이 마음을 굳히도록 해주십시오."

이 도령이 허락받지 못할까 봐 고민하다 기쁨을 이기지 못
해 얼른 대답한다.

"그 무슨 상관이리."

도령이 흥에 겨워 한 폭 화전지를 색을 골라 펴서 용미연(龍
尾硯)에 먹을 갈아 순황모(純黃毛) 무심필(無心筆)을 반쯤 풀
어 한 붓으로 댓바람에 써 내려간다.

"낙양의 나그네가 산천경개를 구경하고자 우연히 광한루에
올랐다가 생각 밖의 인연이 지극히 중하여 삼세의 숙원 만났
으니 이는 천생배필이라. 백년가약을 맹세할 때, 천지일월과
성신후토 시방 세계 제불제천은 한 가지로 살피시니, 산천은
변하기 쉬우나 이 마음은 변하기 어렵다 천고의 가인을 다행
스럽게 만나 함께 살고 함께 죽기를 맹세하오니 구름 사이의
명월이요, 물속의 연화다. 나는 평생을 약속했고 금슬의 정은
무궁하므로 애초에 불의로 맺어진 인연이 아닌데, 지금 월하
의 인연을 맺으니 어찌 약속을 어기겠는가? 일이 비록 은밀하
나 이미 미인의 승낙을 받았고, 나의 거취는 또한 방자의 말을
따를 것이다. 동원의 봄꽃은 언제 다 떨어질지 모를 일이라.
언덕 위의 꾀꼬리 또한 가야 할 곳을 알고 있다. 내가 한번 본

것은 일각(一刻)이 삼추(三秋) 같으니 마음속 애정은 다른 것에 비해 더욱 간절하고 일의 상황은 네가 헤아릴 바 아니다. 월하혼의 기회를 놓치면 이 생명이 중도에 다 늙음과 같아, 기회를 만나 스스로 중매하니 끝까지 좋을 것이다. 조금도 염려 말고 이것으로 신표를 삼아라. 모년 모월 모일 삼청동 이몽룡이 삼가 쓴다."

도령은 쓴 글을 똘똘 말아 춘향에게 전한다. 춘향은 받아 보고 마음으로 크게 기뻐하며 이리 접첩 저리 접첩 접첩접첩 접어다가 가슴속에 품으며 말한다.

"여보 도련님, 내 말 듣소. 발 없는 말이 천 리를 간다 하고, 싸고 싼 사향도 냄새가 난다 하니, 이런 말이 누설되어 사또께서 아시고 엄중히 문책하시면 스스로 지은 죄라 어디 가서 발뺌하겠습니까?"

이 도령이 대답한다.

"오냐, 그분은 염려 마라. 내 어렸을 때 큰사랑에 가면 내은녀(內隱女) 기생들과 은군자(隱君子) 숫보기들이 오락가락했단다.[47] 만일 탄로가 나면 그것을 들어 입을 막으리."

이렇듯이 수작하며 도령은 즐겁기 그지없고 기쁘기 측량없어 춘향을 어른다.

"섰거라 보자. 앉거라 보자. 아장아장 거닐어라 보자."

이렇듯 사랑하며 어르는 거동은 홍문연(鴻門宴) 잔치에서 범증(范增)이 패공을 죽이려고 큰 칼 빼어들고 검무 추며 어르는 듯하고, 구룡소 늙은 용이 여의주를 어르는 듯하다.

도령은 춘향의 머리도 쓰다듬고 옥수도 쥐어보고 등도 두드리며 사랑가로 노래한다.

"어화 내 사랑이야. 야우동창(夜雨東窓)에 모란같이 펑퍼진 사랑, 포도 다래 넝쿨같이 휘휘 칭칭 감긴 사랑, 방장 봉래 산새같이 봉봉이 솟은 사랑, 동해 서해 바다같이 굽이굽이 깊은 사랑, 이 사랑 저 사랑, 사랑 사랑."

사랑에 겨워 이렇듯 노닐었다.

이때 해는 서천에 지고 달은 동쪽 골짜기에 솟아오른다.

춘향이 일어서며 하직의 말을 전한다.

"언제 다시 뵐 수 있겠습니까?"

이 도령이 섭섭함을 이기지 못해 옥 같은 손을 잡고 묻는다.

"네 집이 어디냐?"

춘향이 옥 같이 고운 손을 번쩍 들어 한 곳을 가리키며 말한다.

"저 건너 석교상에서 한 골목 두 골목 지나 홍전문 달려들어 조방청 앞으로 대로 천변 올라가서 향교를 바라보고 종단길 돌아들어 모퉁이 집 다음 집 옆댕이 집 구석 집 건너편 군청 골 서편 골 남쪽 둘째 집 배추밭 앞으로 갈려 간 김 이방 집 앞으로 정좌수 집 지나 박 호장 집 바라보고 최 급창이 누이 집 사이 골 들어 사거리 지나서 북쪽 골 막다른 집입니다."

이 도령이 말한다.

"네 말이 하 뒤숭숭하니 나는 다시 일러도 찾아가기 어렵고 집 잃기 쉽겠다."

춘향이 대답한다.

"안 그래도 왕래할 때 가끔 물어 다닙니다."

"그리 말고 자세히 가르쳐다오."

춘향이 웃고 다시 이른다.

"저 건너 반송녹죽 깊은 곳의 문전에 양류 심어 대여섯 그루 벌여 있고, 대문 안에 오동 심어 잎 피어 나무 그늘이 지고, 담 뒤에 홍도화 난만히 붉어 있고, 앞뜰에 석가산 뒤뜰에 연못 파고 전나무 그늘 속에 은은히 뵈는 저 집이니, 황혼 때 부디 오십시오."

하직하며 떨치고 가는 형상이 사람의 간장을 다 녹인다.

겨우 돌아오니 달은 뜰 가를 밝게 비추고 등불은 창밖을 비춘다. 정신이 산란하고 문견이 황홀하여 진정할 길이 없다.

"애고 이것이 웬일인가, 미친놈이 되겠구나!"

눈에 춘향의 넋이 올라 얼른 뵈는 것이 모두 춘향이다. 육방 아전 춘향 같고, 방자 통인 춘향 같고, 군노 사령 춘향 같고, 날짐승도 춘향 같고, 뵈는 것이 모두 춘향이다.

이 도령이 저녁상을 물려놓고 말한다.

"목이 메어 못 먹겠다."

방자를 불러 묻는다.

"네 이 밥을 아느냐?"

방자 놈 여쭙는다.

"아옵니다."

"안다 하니 무엇이냐?"

"쌀로 지은 밥이올시다."

"어허, 미혹한 놈. 밥이면 다 밥이냐? 밥을 짓되 질지도 되지도 않고 고슬고슬한 중에도 속에 뼈가 없고 축축해도 겉물 돌지 않아야 가히 잘 지은 밥인데, 이 밥은 곧 모래밥이다. 이 상을 물려라. 식불감하고 침불안하니 글이나 읽어보자."

《천자》,《유합》,《동몽선습》,《사략》,《통감》,《소학》,《대학》, 《예기》,《춘추》,《시전》,《서전》,《맹자》,《논어》,《삼략》내놓고 산유자 책상에 옥촉의 불 밝히고 차례로 읽는다.

"하늘 천(天), 땅 지(地), 검을 현(玄), 누를 황(黃), 집 우(宇), 집 주(宙), 집 가르쳐 뵈던 양이 눈에 암암 귀에 쟁쟁, 천지지간 만물지중에 유인(唯人)이 최귀한 중에 더욱 귀하다. 천황씨는 이목덕(以木德)으로 왕이 되어 세기섭제(歲起攝提)하니 제 못 와도 내 가리라. 이십삼 년이라. 초명 진대부 위사 조적이 한건하여 한가지로 못 간 것이 후회막급이라. 원형이 정은 천도지상이요, 인의예지는 인성지강(人性之綱)이라 강보부터 못 본 것이 하이로다. 맹자견양혜왕(孟子見梁惠王)하신대, 왕왈수불원천리이래(王曰叟不遠千里而來)하시니 천 리로다, 천 리로다, 임 가신 데 천 리로다. 관관저구(關關雎鳩)는 재하지주(在河之洲)요, 요조숙녀(窈窕淑女)는 군자호구(君子好逑)로다. 우리를 일컬음이라. 아무래도 못 읽겠다! 아무래도 헛보이고 춘향이만 보인다! 책장마다 춘향이요, 글자마다 춘향이라! 한 자가 두 자 되고, 한 줄이 두 줄이요, 자자 줄줄이 다 춘향이니 이 아니 맹랑한가. 온 책의 글자들이 바로 뵈지 아니한다. 《천자》는 감자요,《동몽선습》은 사슴이요,《사략》은 화약이요,《통감》은 곶감이요,《소학》은 북학이요,《대학》은 당학이요,《맹자》는 비자요,《논어》는 망어로다.《시전》은 딴 전이요,《유합》은 찬합이요,《강목》은 깨목이요,《춘추》는 호추로다. 하늘 천 자 큰 대(大) 되고, 땅 지 자 못 지(池) 되고, 달 월(月) 자 눈 목(目)이요, 손 수(手) 자 양 양(羊)이라. 일천 천(千) 자 방패 간(干)이요, 위 상(上) 자 흙 토(土)로다. 옷 의(衣) 자 밤 야(夜)요, 한 일(一) 자 두 이(二) 되고, 또 차(且) 자 그 기(其)라. 집 주는 범 인(寅)이요, 할 위(爲) 자 말 마(馬)로다. 근 근(斤) 자 되 승(升) 되고, 돼지 해(亥) 자 집 가(家)로다. 밭 전(田) 자 납 신(申)이요, 두 양(兩) 자 비 우(雨) 되고, 묘한 묘(妙) 자 이 자(玆) 되며, 춘향이만 분명하다."

책상을 밀어놓고 벽상의 보검을 빼어 들어 사면으로 휘두르면서 이 도령이 말한다.

"이매망량(魑魅魍魎) 속거천리(速去千里)[48] 춘향이만 보고 지고. 잠깐 만나 보고 지고, 지금 만나 보고 지고. 어둑한 빈방 안에 불 켠 듯이 보고 지고. 천리타향 고인같이 얼른 만나 보고 지고. 구년지수(九年之水) 햇빛같이[49] 훤칠하게 보고 지고. 칠년대한(七年大旱) 빗발같이[50] 시원하게 보고 지고. 동창명월(東窓明月) 달빛같이 반갑게 보고 지고. 서산의 낙조같이 뚝 떨어져 보고 지고. 오매불망(寤寐不忘) 보고 지고. 알뜰히도 보고 지고, 살뜰히도 보고 지고. 맹랑히도 보고 지고, 끔찍이도 보고 지고. 조금 만나 보고 지고, 잠깐 얻어 보고 지고!

보고 지고 보고 지고!"

소리를 한껏 질러놓으니 그 소리 동헌까지 들렸다.

이때 사또, 이 소리를 듣고 깜짝 놀라 이상하게 여겨 통인 불러 분부한다.

"책방에서 글 소리는 아니 나고 무엇을 보고 지고 하는지 자세히 알아오라!"

통인이 급히 가서 묻는다.

"거 무슨 소리를 그다지 지르십니까?"

이 도령이 겁을 내어 별안간에 생딴전을 피운다.

"삼문 밖에서 술주정하는 소리를 나에게 묻는 것은 내가 만만하기 때문인가?"

통인이 여쭙는다.

"사또께서 도련님 목소리를 친히 듣고 알아 오라 하십니다."

"한 번만 더 잡아뗴면 될 것을."

도령이 머은 값이 있어 얼른 꾸며 말한다.

"소년금방괘명시(少年金榜掛名時)라[51] 멀지 않아 과거 되면 장원급제 출세하여 쌍가마 띄워보는 것이 소원이기로 '보고 지고' 하였다고 여쭈어라!"

통인이 들어가 그대로 아뢰니 사또 곧이듣고, 책방 조 낭청에게 말한다.

"지난번에 선산 묏자리를 옮길 적에 홍천 박 생원이 풍양 고을 산소를 보고 덮어놓고 내 말대로 여기 쓰라 하며 '문필

봉(文筆峰)이 뚜렷이 안산이 되고, 공명봉(功名峰)이 병풍을 두른 듯하여 주산이 되었으니, 자손의 문장은 염려 없고 공명이 그치지 아니하리라' 하고 잡고 권하기에 그 말대로 그 산소에 모셨더니, 이제야 묘소의 응답인 줄 황연히 깨닫겠네. 그 아이가 기특하게도 한갓 남처럼 하는 것이 아니라 잠을 잊고 한사코 글만 하려 하니 아무래도 문장은 염려 없어!"

이때 책방에서 방자 놈이 여쭙는다.

"글 읽는 소리를 낮추십시오. 숨겨진 창피가 다 나겠습니다."

그럴수록 이 도령은 초조 번민하여 그럭저럭 밤을 새우고 조반 전폐하고 점심도 전혀 먹지 않으며, 묻는 것이 해뿐이다.

"방자야, 해가 얼마나 갔느냐?"

"해가 아직 아귀도 아니 텄습니다."

"애고. 그 해가 어제는 누구 부음 편지를 가지고 가는 듯이 줄달음질해 가더니 오늘은 어찌 그리 완보장천(緩步長天)하는가. 발바닥에 종기가 났나 가래톳이 곪았나. 관리 행차 앞 길을 가로지르다 잡혔나. 장승 걸음을 부러워하듯 어찌 그리 더디 가느냐? 방자야 해가 어디쯤 갔나 보아라!"

"백일이 천중(天中)에 이르러 오도 가도 아니합니다."

"무정한 세월은 물 흐르듯 빨리 간다 하더니 허황한 글도 있네. 붙인 듯이 박힌 해를 어찌해야 다 보낼까. 방자야 해가 어찌 되었느냐?"

"서산에 비껴 종시 아니 넘어갑니다."

"관청의 하인더러 기름을 많이 가져가 서산 봉우리에 바르라 하여 미끄럽게 해 넘어가게 해놓고 해 지거든 내게 즉시 알려라!"

방자 놈이 여쭙는다.

"서산에 지는 해는 보금자리 치느라고 눈을 껌벅껌벅하고, 동령에 돋는 달은 높이 떠 오르느라고 바스락바스락 소리 내니 황혼인 게 분명합니다. 가시렵니까 마시렵니까?"

이 도령의 거동 보소. 마음이 급박하고 초조하여 저녁상도 허둥지둥 물리고, 방자를 불러 분부한다.

"너나 먹고 어서 가자!"

저 방자 놈 거동 보소. 전에는 대공(大功) 술이나 얻어먹어 술에 주리다가 요사이는 온통 모두 휘몰아 떠 넣은 탓에 봉긋해진 배를 슬슬 만지면서 게트림을 하며 말한다.

"남은 어찌 되든 나는 좋소. 춘향이 여남은 이 있으면 겹 흉년인들 두려워하겠소?"

또한 꺼드러거리며 말한다,

"가자 소리 그만 하오. 사또가 가라 분부했소? 들통 나면 생뜸질이 날 것이니 폐문이나 한 연후에 사또 취침하거든 가거나 말거나 하옵소서."

이 도령이 초조하여 말한다.

"그러하면 돈관이나 내어다가 문 닫는 놈 인정 주고 빨리 문을 닫도록 해보자."

방자가 여쭙는다.

"삼점(三點)에 폐문인데 초저녁에 폐문하는 것이 웬 말이오. 폐문을 먼저 한다는 것은 듣도 보도 못했소. 제발 잠깐만 참으시오."

한창 이리 야단을 치고 있는데 폐문하는 취타 소리가 난다.

"방자야, 동헌에 불 꺼졌나 낌새 보아라!"

이렇듯 초조히 기다린다.

동헌에 불이 꺼지고 고요해지자 방자가 여쭙는다.

"야심인적(夜深人寂)하고 월백풍청(月白風淸)하니[52] 가시려오 마시려오?"

이 도령의 거동 보소. 좋고 좋을시고, 가자꾸나 가자꾸나 임을 보러 가자꾸나. 몸을 숨겨 성을 넘어 가만가만 찾아간다.

방자 놈이 양각등(羊角燈)에 불 밝혀 앞을 서고, 도령은 뒤를 따라 염석문 네거리 홍전 삼거리 이 모롱이 저 모롱이를 감돌아 풀돌아 엄벙덤벙 수루루 훌쩍 돌아들어 면면촌촌 찾아간다.

방자 놈이 별안간에 말한다.

"야반무례(夜半無禮)요 구색친구(具色親舊)라[53] 하니 심심풀이할 양으로 골 치기나 하며 가세."

이 도령이 어이없어하며 말한다.

"방자야, 상하의 체통을 못 지킨 것이 내 실수로구나."

방자 놈이 대답한다.

"어라, 젊은 이마빼기에 피차 변발한 아이들끼리 한밤중에 속인다고 무엇이 망발인가. 자네 뒤에 양반 두 자 써 붙였나?

그리 마소. 속담에 이르기를 '시루떡 가는 데 개 따르기는 제 격이라' 하려니와 자네 계집질하러 가는 데 나는 무슨 짝으로 따라간단 말인가?"

이 도령이 말한다.

"네 말이 모두 정이 없는 말이로다. 담을 싸고 벽을 쳐도 이 런 판에는 그리 할 수 없느니라. 네 비위에 안 맞나 보구나. 애 고 내 아들아, 진정으로 호소하는데도 어기고 물러섬은 외탁 하여 그러한가. 방자 동생아 어서 가자!"

방자 놈, 도령을 속이려고 바른 길을 두고 네댓 차례 둘러 가니 어찌 그 속을 알겠는가. 개미 쳇바퀴 돌듯 돌아오다 말한 다.

"밤길이 불어난다 하더니 어제 가르치던 어림보다는 참으 로 머니 향방을 어찌 알리."

방자 놈이 설렁설렁 앞서 가서 춘향집 문 앞에 이르러 돌아 보고 말한다.

"두 말 말고 이 집으로 그저 쑥 들어가오!"

"여봐라. 이 일이 분명 외수(外數)로다. 기생의 집이 이처럼 웅장 화려할까. 네가 나를 유인하여 세도가에 몰아놓고 망신 시키려 하는구나."

방자가 웃으며 말한다.

"염려를 턱 버리고 들어가만 보오."

"아무래도 의심되니 네가 먼저 들어가라!"

"그리하면 들어가서 다 수습한 후 나오리다."

"다 수습한다는 말이 웬 말이냐? 수상하고 맹랑한 놈, 함께 들어가자."

저 방자의 거동 보소. 닫은 문을 발로 차고 와락 뛰어 들어가며 말한다.

"애 춘향아! 자느냐 깨었느냐, 도련님 와 계시니 바삐 나오너라!"

이때 춘향은 비단 창문을 굳게 닫고, 촛불 아래 혼자 앉아 벽오동 거문고를 술상에 비껴 안고 자탄자가(自彈自歌)하며 타고 있다.

"대인난(待人難) 대인난 하니 계삼창야오경(鷄三唱夜五更)이라. 쌀앵동징 쌀앵동흥청. 출문망출문망(出門望出門望)하니 청산은 만중(萬重)이요, 녹수는 천회(千回)로다.[54] 쌀앵당증 쌀앵지랭 당둥둥 청청."

이렇듯 기다릴 때, 춘향 어미 달려 나와 방자 놈을 꾸짖는다.

"네가 향교 방자냐. 밤중에 와서 왜 이리 야단하느냐? 관속녀석 꼴은 보기 싫더라."

방자 놈이 어이없어 춘향 보고 말한다.

"애 춘향아, 이것이 병이로다. 네 어머니께 말씀드리지 않았나 보구나!"

"우선 남의 말부터 듣고 말을 하시오. 뉘 아들놈이 잘못했는지 들어보시오. 지나간 장날 아침에 책방 도련님이 느닷없이 광한루 구경을 가자시기에 모시고 갔더니, 계란에 유골이요, 기침에 재채기요, 마디의 옹이로, 저 아이가 마주 뵈는 언덕에서 그네를 뛰어 도련님 눈에 들었는지라. 무엇이냐 묻기에 어찌하는지 보자 하고 아기씨라 하다가 종시 속일 길 없어 바른대로 고했더니 도련님이 미치게 불러오라 하시니, 하인의 도리로 거역지 못해 불러드렸는데 둘이 만나보고 수은 엉기듯 엉겨서 홑이불을 함께 써 온갖 장난 중에 백 년을 언약하고 오늘 저녁 오마 하고 떡집에 산병 맞추듯, 사기 전에 종자굽 맞추듯 서로 맞춰두고 나더러 함께 가자시기로 모시고 온 일인데 뭐 그리 잘못하였소. 왜 공연히 욕을 버럭버럭 하시오?"

춘향 어미 이 말을 듣고, 늙은 것이 별안간에 생딴전을 피우며 말한다.

"목소리를 들으니 너로구나. 넌 줄 모르고 잘못했다. 자라나는 아이라 몰라보게 되었으니 노여워 말아라. 너의 어머니하고 나하고 꼭 동갑이다. 애 춘향아, 책방 도련님 와 계신다니 바삐 나와서 잘 뫼셔라 이곳에서 놀며 즐긴들 어느 누가 괄시하리?"

옥창에 소리가 나더니, 춘향이가 영접을 한다.

저 춘향의 거동 보소. 치마꼬리 부여잡고 중문 밖으로 달려나와 반가이 맞아 들어간다.

춘향 어미 거짓으로 깜짝 놀라며 말한다.

"이게 웬일이오. 사또께서 아시는 날엔 모두 다 상하려고 이런 일을 한단 말인가? 어서 바삐 돌아가오!"

이때 이 도령이 춘향 어미의 거동을 보고 말한다.

"일이 있든지 없든지 아는 체할 바 아니니 염려 말고 가만 있소."

춘향 어미 말을 돌려 한다.

"이미 오셨으니 말없이 다녀가오. 헛걸음으로 돌아가면 제 마음도 섭섭할 듯하고, 도련님도 무료할 듯하니 말이나 몇 마디 하다가 가시오. 제가 실로 매몰하여 친구 왕래 없었지만 도련님이 나와 계시니 잠깐 놀다가 들어가오."

이 도령의 거동 보소.

춘향의 손목을 덥석 잡고 가슴이 도근도근, 손발의 관절 뼈가 시근시근, 한 손으로 춘향의 어깨 짚고 즐거워하며 들어간다. 좌우편을 살펴보니 집치레도 황홀하다. 대문짝 좌우편에는 울지경덕(蔚遲敬德) 진숙보(陳叔寶)[55]요, 중문에는 위징(魏徵) 선생[56]이며, 사면 활짝 높은 집을 입 구(口) 자로 지었는데, 상방 세 칸, 쌍벽장에 협방 두 칸, 대청 여섯 칸, 월방 네 칸, 부엌 세 칸, 광 다섯 칸, 중집 네 칸, 내외 분합 물림퇴에 살미살창 가로닫이 굴도리 선자(扇子) 추녀 바리 받침 부연 달아서 맵시 있게 지었다. 동편에는 광이요 서편에는 마구로다. 양지에 방아 걸고 음지에 우물 파고, 긴 버들 휘늘어진 장송은 광풍에 흥에 겨워 오소리 춤을 추고, 앞뜰에 개를 놓고 뒤뜰에 닭을 치고, 대 심어 울을 하고 솔 심어 정자로다. 뽕 심어 누에 치고, 울 밑에 벌통 놓고, 울 밖에 원두 놓고, 뜰 아래 연정 지어 죽정으로 면을 받쳐 네모난 듯 괴었는데 못 가운데 석가산을 일 층 이 층 삼사 층으로 절묘하게 모아놓고, 대접 같은 금붕어가 못 가운데 노니는데 온갖 화초 다 피었다.

동에는 벽오동, 서에는 백매화, 남에는 홍모란, 북에는 금사 오죽이 한가하다. 한가운데 황학령, 월계, 사계, 종려, 파초, 작약, 영산홍, 왜철쭉, 연포, 도화, 국화, 매화를 여기저기 심어두고, 앵무, 공작, 청조 한 쌍에 소식을 맡겨두고, 합환초 연리지에 비익조 다정하다. 오동 차양 추녀마다 옥 풍경을 달았으니 청풍이 살짝 불 때마다 앵그렁쟁그렁 소리가 맑고 멀다. 배치한 것 돌아보니, 백능화로 도배하고 자유지 굽도리에 청능화 띠를 띠고, 동서남북 계견사호(鷄犬獅虎), 문 위에 십장생(十長生), 지게문에 남극선옹(南極仙翁)[57]. 벽화를 붙였는데, 동벽을 바라보니 송하의 상산사호(商山四皓)[58]가 바둑판에 둘러앉아 흑백이 난만한데, 돌 놓는 소리가 생생히 그려 있고, 육관대사의 제자 성진이 춘풍 부는 석교상에서 팔선녀를 만나보고 짚었던 육환장을 백운 간에 흩어 쥐고 합장하여 뵈는 형상을 역력히 그려놓았고,[59] 서벽을 바라보니 부춘산 엄자릉이 간의대부 마다하고 백구로 벗을 삼고 원한으로 이웃하여 동강상 칠리탄에 낚싯대를 던진 거동[60]을 시원스레 그려놓았고, 남벽을 바라보니 삼국 풍진 요란한데 한종실 유황숙(劉皇叔)이 걸음 좋은 적토마를 두덕구벅 바삐 몰아 남양 초당 풍설 가운데 와룡 선생을 보려고 지성으로 가는 풍경[61]을 완연히 그려놓았고, 북벽을 바라보니 위수 어옹 강태공이 '선팔십(先八十) 궁곤' 하여 갈삿갓 숙여 쓰고 삼십육 조의 곧은 낚시를 차례로 드리우고 낚대를 거둘 때 잠든 백구가 놀라는 풍경[62]을 한가하게 그려놓았다. 부벽서로 볼작시면 왕자안의 〈등왕각서(滕王閣序)〉, 도연명의 〈귀거래사(歸去來辭)〉, 이태백의 〈죽지사(竹枝詞)〉, 소자첨의 〈적벽부(赤壁賦)〉, 입춘서로 볼작시면 '원득삼산불로초(願得三山不老草)하여 배헌고당백발친(拜獻高堂白髮親)이라'[63]를. '북궐은광(北闕恩光)은 회수접(回首接)이요, 남산가기계헌영(南山佳氣啓軒迎)이라'[64]를, '작조채봉함서지(昨宵彩鳳含瑞至)하니 금일천관사복래(今日天官賜福來)라'[65]를 붙여놓았다. 문짝에는 '국태민안가급인족(國泰民安家級人足)',[66] '문신호령(門神戶靈) 가금불상(呵禁不祥)'[67]을, 문 위에는 '춘도문전증부귀(春到門前增富貴)'를 붙이고[68] 귀머리까지 붙였으니 벽에 가득한 서화가 더욱 좋다.

이 도령이 말한다.

"우연히 장가든 내가 쌀고리에 든 닭이네!"

춘향의 어깨를 짚고 대청에 올라 방 안으로 들어가니 침향내도 황홀하다. 방치레를 볼작시면, 각장장판에 당유지 굽도리 백능화로 도배하고, 소란 반자 혼천도(渾天圖)에 세간 기명 볼작시면, 용장 봉장, 책상, 가께수리 들미장,[69] 자개 함롱 반닫이, 면경, 체경, 왜경대[70]가 있고, 쇄금 들미 삼층장,[71] 계자다리 옷걸이가 있으며, 용두머리 장북비,[72] 쌍룡 그린 빗접고비[73]를 벽상에 걸어놓았고, 왜상 벼루집, 화류서안(樺榴書案), 교자상이 있다. 대청에는 귀목두지,[74] 용충항[75]과 칠박,[76] 귀박, 두리박, 학슬반(鶴膝盤),[77] 자개반[78]을 층층이 얹어놓고,

산유자 자릿상에 선단 요와 대단(大緞) 이불, 원앙금침 잣베 개를 쌓아놓고, 은침 같은 갖은 열쇠는 주황사(朱黃絲) 끈을 달아 본돈 섞어 꿰어 달고, 청동 화로와 전대야며 백통 유경 (鍮鏡) 놋 촛대, 샛별 같은 요강, 타구, 재떨이 등물을 쌍쌍이 던져놓고, 인물병(人物屏), 산수병(山水屏)에 공작병(孔雀屏) 도 둘러치고, 오동 복판 거문고를 새 줄 달아 세워두고, 양금, 생활, 해금, 장구 여기저기 놓아두고, 육목, 팔목, 쌍육, 골패, 장기, 바둑을 좌우에 벌여 놓았다.

갖은 집물 세간치레 황홀히도 벌였네.

얼싸 좋을시고, 춘향의 거동 보소. 용두머리 장북비를 섬섬 옥수로 내려 이리저리 뿌리치고, 홍전(紅氈) 한 떼를 떨쳐 깔 고 말한다.

"도련님 이리 앉으시오."

춘향이가 치마 앞을 부여잡고 인침 같은 열쇠 내어 금거북 자물쇠를 떨컥 열고 각색 초를 다 내올 때 평안도 성천초, 강 원노 금깅초, 진괴도 진안초, 양덕 삼등초 다 내놓고, 경기도 삼십칠관(三十七關) 중 남한산성초(南漢山城草) 한 대 똑 떼어 내어 꿀물에 홀홀 뿜어 왜간죽 부산대에 가득하게 담아 들고 단순호치(丹脣皓齒)에 담빡 물어 청동 화로 백탄 불에 잠깐 대 어 불을 붙이더니, 치마꼬리 휘어잡아 물부리 씻어 거꾸로 잡 아 들고 나직이 나아온다.

"도련님 잡수시오."

이 도령이 허겁지겁 감지덕지 두 손으로 받아 들고 젖 먹는

송아지 젖부리 물듯이 덥석 물고는 모깃불 피우듯 피우면서
말한다.

"만고 영웅호걸들도 술 없이는 무(無)맛이라. 이 좋은 밤 이
놀음에 술 없이는 못하리니 술을 바삐 가져오라!"

춘향이 향단을 불러 이른다.

"마님께 나가보라!"

이때 춘향 어미는 사람의 뼈를 빼려고 우선 주효(酒肴) 진
지를 갖추니, 팔모 접은 대모반(玳瑁盤)에 통영 소반, 안성 유
기, 왜화기, 당화기, 산호반, 순금 천은, 각색 기명 벌여놓고
갖은 술병 곁들였다. 금정에 잎이 지니 오동병, 야화 그린 왜
화병, 금전수복 당화병, 조선 보화 천은병, 중원 보화 유리병,
벽해수상 산호병, 문채 좋은 대모병, 목 긴 황새병, 목 움츠린
자라병, 각색 술을 다 들었다. 도처사의 국화주, 이한림의 포
도주, 산림은사의 죽엽주, 마고선녀의 연엽주, 안기생의 자하
주, 감홍로의 계향주, 백화주, 두견주, 이강고(梨薑膏), 죽녁고
에다가 안주상을 돌아보니 대양푼에 갈비찜, 소양푼에 제육
초, 양지머리, 차돌박이 어두봉미(魚頭鳳尾) 놓여 있고, 염통
산적과 양볶음이며, 신선로의 전골이며, 생치(生雉) 다리 통
구이며 연계찜을 곁들였고, 송강 노어 회를 치고 각관 포육 편
포로다. 문어, 전복에 봉(鳳) 새기고, 밀양 생률 깎아놓고, 함
창 건시 접어놓고, 유자, 석류 곁들이고, 두 귀 발쪽 송편이며
보기 좋은 백설기, 먹기 좋은 꿀설기, 맛 좋은 두텁떡, 경첩한
화전(花煎) 갖은 웃기 괴어놓고, 민강 사탕 오화당, 용안, 예

지, 당대초와 동정 금귤이 더욱 좋다. 춘향이 청동 화로 백탄 숯에 다리쇠를 걸어놓고, 평양 숙통 냄비에 능허주(凌虛酒)를 덥지도 않고 차지도 않게 데워놓고, 앵무잔에 가득 부어 들고 갖가지 교태로 권한다.

"도련님 이 술 한 잔 잡수시오."

이 도령이 대답한다.

"술이라는 것이 권주가 없으면 무맛이니, 아무래도 그냥은 못 먹으리라."

춘향이 할 일 없어 권주가 불러 술을 권한다.

"잡으시오, 잡으시오. 이 술 한 잔 잡으시오. 이 술 한 잔 잡 으시면 수부다남(壽富多男) 하오리라. 이 술이 술이 아니오라 한무제의 승로반(承露盤)[79]에 이슬 받은 것이오니 쓰거나 달 거나 잡으시오. 인간 영욕 헤아리니 묘창해지일속(渺滄海之一 粟)[80]이라. 술이나 먹고 노나이다. 진시황 한무제도 장생불사 못하여서 여산 무릉 송백 중에 한 줌의 황토 그 아닌가. 술만 먹고 노사이다. 인간칠십 고래희(人間七十古來稀)라,[81] 칠십 년 의 행락이 덧없도다. 아니 놀고 무엇 하리. 육산포림(肉山脯 林)의 걸주(桀主)[82]라도 이 술 한 잔은 살았을 때뿐이로다. 꽃 을 꺾어 수를 놓고 무진무궁 먹나이다. 우리 한번 돌아가면 뉘 라 한잔 먹자 하리."

이 도령이 말한다.

"손 대접 하느라고 혼자 수고하는구나. 쉬엄쉬엄 밤새도록 놀고 놀자."

이 도령이 부어주는 대로 받아 먹고 혓바닥이 촉촉하니 연달아 십여 잔을 천연히 거푸 마시고 춘향에게 말한다.

"남아의 위방불입(危邦不入)은 청루(靑樓)를 일렀으니,[83] 우리 둘이 함께 빠져 이렇듯 노닐 때에 어떠한 실없는 놈이 몰래 넘어 들어와 장난하여 의관을 찢고 망신시키면 내 밤중에 도망하여 책방으로 가려니와, 아까 그 모양으로 가사 하나 더 하여라."

춘향이 웃음을 머금고 가사를 한다.

"백구야 펄펄 날지 마라. 너 잡을 내 아니로다. 성상이 버리시니 너를 좇아 예 왔노라. 오류춘광 경치 좋은데 백마금편 화류 가자. 운심벽계(雲深碧溪) 화홍유록(花紅柳祿)한데 만학천봉비천사(萬壑千峰飛千絲)라.[84] 호중천지별건곤(壺中天地別乾坤)[85]이 여기로다. 명사십리 해당화는 다 피어서 모진 광풍에 뚝뚝 떨어져 아주 펄펄 흩날리니, 얼싸 좋다, 경이로다!"

가사를 마치자 이 도령이 말한다.

"맑고 맑은 연못 같은 술을 보고 못 먹으면 머리털이 센다 하니 저 병 술도 먹어보자."

연달아 부을 때에 이 도령은 주량이 많은지라 무한히 먹어준다.

"쫄쫄 부어라. 풍풍 부어라. 쉬지 말고 부어라. 놀지 말고 부어라. 바스락바스락 부어라. 온 병에 채운 술이 유령이 먹고 갔는지 반 병이 확실하다. 마주 부어라, 먹자꾸나."

양에 넘도록 흠씬 먹어놓으니 망세간지갑자(忘世間之甲子)

요 취호리지건곤(醉壺裏之乾坤)이라.[86] 오장육부 온 뱃속이 만경창파에 오리 뜨듯하여 미인이 술에 취해 스스로 쓰러진다.

이 도령이 무한 주정으로 말한다.

"네 인물도 묘하거니와 재주 또한 절승하니 너하고 나하고 천정배필임이 정녕하다. 너는 어찌 이제 나고 나는 어찌 이제 났나. 정에 겨워 못 견디겠으니 너를 내 딸로 정하리라."

춘향이 웃고 대답한다.

"사람에게 삼강오륜(三綱五倫)이 분명하여 삼강에 부위부강(夫爲婦綱)이요, 오륜에 부부유별(夫婦有別)인데 이것이 무슨 말씀이오?"

"아서라. 물렀거라. 세상에 사람 되고 삼강오륜 모를소냐. 서울 한강, 평양 대동강, 공주 금강이 삼강이라 일렀고, 서울 벼슬인 한성부 판윤, 좌윤, 우윤과 경상도 경주 부윤, 평안도 의주 부윤, 이것이 오륜이니 내 어찌 모를소냐? 내 딸 되기 원통커든 내가 네 아들이 되자꾸나."

이 도령이 횡설수설 줴어부어하여 갖가지로 힐난타가 눈을 들어 거문고 세운 것을 보고 묻는다.

"저 우뚝 서 있는 것이 싸개질꾼이냐?"

춘향이 대답한다.

"사람이 아니라 거문고요."

"거문고라 하니 옻칠한 고냐 먹칠한 고냐?"

"검은 것이 아니라 타는 것이오."

"타는 것이라 하니 잘 타면 하루 몇 리나 가느냐?"

"그렇게 타는 것이 아니라 뜯는 것이오."

"종일 잘 뜯으면 몇 조각이나 뜯느냐?"

"그렇게 뜯는 것이 아니라 손으로 줄을 희롱하면 풍류 소리가 난다 하오."

"정녕 그러하면 한번 들을 만하겠구나."

춘향의 거동 보소. 칠현금 내려서 술상에 놓고, 손을 빼어 줄을 고르고 섬섬옥수로 대현을 타니 노룡(老龍)의 소리요, 소현을 타니 청학의 울음이다.

"쌀앵동 흥청청."

이렇듯 타니 이 도령이 노래를 함께 부른다.

"인간이 소쇄(瀟灑)커늘, 세사를 뿌리치고 홍진(紅塵) 세상을 뛰쳐나가 정처 없는 이 내 몸이 산이야 구름이야 천 리 만 리 들어가니 천회벽계와 만첩운산은 갈수록 새롭구나. 층암 절벽의 굽은 늙은 장송 청풍에 흥이 겹고, 구룡소 늙은 용이 여의주를 얻느라고 굽이를 반만 내어 푸른 파도를 뒤치는 듯 현애표도(懸崖漂濤)는 구름에 연했고, 녹림홍화(綠林紅花)는 춘풍에 분별 있고, 조화에 교태스러워 간 데마다 구십소광(九十韶光) 자랑하니 운림만경(雲林萬頃)의 즐거움이 그지없다. 무정한 세월은 물 흐르듯 하는구나. 산중에 들어오니 날 찾을 이 뉘 있으리? 어화 즐겁구나. 이것이 어디인고. 옛사람 이르기를 택불처인(擇不處仁)이면 언득지(焉得知)라[87] 하였는데, 한가로이 살아갈 곳은 이곳이니 좀더 일찍이 못 온 줄을 금일이야 깨닫겠다. 지난 일을 탓하지 말고 장래를 헤아리자. 손흥

공(孫興公)의 〈산수부(山水賦)〉를 목 내어 맑게 읊고 이제야 허리 펴니 이 아니 즐거우냐. 내 몸 의지하리라. 일간초옥을 암혈에 얽어매어 구름 덮어 던져두고, 청산은 네 벽이요, 백운은 이엉이로다. 돌솥에 밥을 짓고 단애의 지초(芝草)를 캐니 이렇게 한가하기도 또한 하늘의 명이로다. 산중에 들어앉은 이래 일월이 하 오래니 지금의 천자 성제는 누구인지 나 몰라라."

타기를 마치자 이 도령이 흥을 내어 말한다.

"애 춘향아! 이처럼 좋은 밤에 마시지 않을 수 있으랴. 남은 술 있거든 마저 부어라!"

춘향이 대답한다.

"약주는 부으려니와 그 소리 참 별 소리요. 하나만 더 하오."

이 도령이 또 덕 자(字)를 운자 삼아 소리하는데 맹랑하게 한다.

"세상 사람 생겨나서 덕 없이는 못하리라. 천황씨(天皇氏) 목덕(木德)이요, 지황씨(地皇氏) 화덕(火德)이요, 인황씨(人皇氏) 수덕(水德)이요, 교인화식(敎人火食) 수인씨덕(燧人氏德),[88] 용병간과(用兵干戈) 헌원씨(軒轅氏) 덕,[89] 상백초(嘗百草)는 신농씨(神農氏) 덕,[90] 착산통도(鑿山通道) 하우씨(夏禹氏) 덕,[91] 시획팔괘(始劃八卦) 복희씨(伏羲氏) 덕,[92] 당태종의 울지경덕, 서량명장의 방덕, 삼국명장의 장익덕, 활달대도 유현덕, 난세간웅 조맹덕, 우순풍조 하느님 덕, 국태민안 임금

덕, 붕우유신 벗님 덕, 말년영화 자손 덕, 몹쓸 놈의 배은망덕, 좌편 놈의 호미덕, 우편 놈의 원두덕, 단단한 목덕이요, 물렁 물렁한 쑥덕, 이 덕 저 덕 다 후루치고 벌떡벌떡 먹으리라."

네댓 잔을 들이켜고 취흥이 넘쳐흘러 춘향의 가는 허리를 덥석 틀어 안고 입 한번 쪽, 등 한번 둥덕 한다.

"어허 어허 내 사랑이야. 아마도 너로구나! 달이 침침 야삼 경이니 어서 벗고 잠을 자자. 다정하니 쌍흥이 합하고, 뜻이 있으니 두 다리를 벌림이라. 흔드는 것은 네 마음에 맡기나 깊고 얕음은 내 마음에 달렸네. 밤이 깊어 사람의 자취 없고 고요하니 어서 벗고 잠을 자자."

춘향이 거문고를 물리고, 원앙금침 잣베개를 촛불 아래 펴놓고 하얀 살결과 꽃다운 용모를 드러내어 춘정을 자아내니 아리땁고 징그럽다.

"도련님 먼저 벗으시오."

"나 먼저 벗은 후에 너는 아니 벗으려나 보다. 잔말 말고 너부터 벗어라."

춘향이 먼저 벗은 후에 이 도령도 마저 벗고, 덥석 안고 두 몸이 한 몸 되었구나. 네 몸이 내 몸이요, 네 살이 내 살이라. 호탕하고 무르녹아 여산 폭포에 돌 구르듯 데굴데굴 구르면서 비점가로 화답한다.

"우리 둘이 만났으니 만날 봉(逢) 자 비점(批點)이요,[93] 백년가약 맺었으니 맺을 결(結) 자 비점이요, 우리 둘이 누웠으니 누울 와(臥) 자 비점이요, 우리 둘이 벗었으니 벗을 탈(脫)

자 비점이요, 우리 둘이 덮었으니 덮을 복(覆) 자 비점이요, 금일 침상 즐겼으니 즐길 낙(樂) 자 비점이요, 우리 둘이 입 맞추니 법칙 려(呂) 자 비점이요, 우리 둘이 배 닿으니 배 복(腹) 자 비점이요, 네 아래 굽어보니 오목 요(凹) 자 비점이요, 내 아래 굽어보니 내밀 철(凸) 자 비점이요, 두 몸이 한 몸 되니 모일 합(合) 자 비점이요, 나아갈 진(進), 물러날 퇴(退), 자주 빈(頻) 자 비점이요, 좋을 호(好), 실 산(酸), 물 수(水) 자 모두 비점이다."

이렇듯이 흥청대니 남대문이 개구멍이요, 인경이 매방울이요, 선혜청이 오 푼이요, 호조가 세 푼이요, 하늘이 돈짝만하고 땅이 맴을 돈다.

이 도령이 취한 흥을 이기지 못해 춘향에게 말한다.

"우리 둘 인연이 지중하여 이렇듯이 만났으니 인(因) 자 타령을 해보자."

인 자를 달아 맹랑히도 한다.

"임하하증견일인(林下何曾見一人),[94] 원명고루유여인(月明高樓有女人),[95] 금일번성송고인(今日樊城送故人),[96] 비입궁중불견인(飛入宮中不見人),[97] 천리타향봉고인(千里他鄕逢故人),[98] 양류청청도수인(楊柳靑靑渡水人),[99] 불견낙교인(不見洛橋人),[100] 풍설야귀인(風雪夜歸人),[101] 귀인, 명인, 병인, 걸인, 노인, 소인 등인으로 인연하여 양인이 혼인하니 중인 되기가 즐겁기 그지없다."

춘향이 말한다.

"도련님은 인 자를 달았으니 나는 연(緣) 자를 달아보겠습니다."

그러고 연 자를 단다.

"우락중분미백년(憂樂中分未百年),[102] 호기장구오륙년(胡騎長驅五六年),[103] 인로증무갱소년(人老曾無更少年),[104] 상빈명조우일년(霜鬂明朝又一年),[105] 적막강산금백년(寂寞江山今百年),[106] 함양유협다소년(咸陽遊俠多少年),[107] 경세우경년(經世又經年),[108] 한진부지년(寒盡不知年),[109] 일 년, 십 년, 백 년, 천년, 거년, 금년, 우리 둘이 우연히 결연하여 백 년을 인연 삼으니 백 년이 천 년이라."

이 도령이 듣고 말한다.

"얘 네 소리 참 별 소리다!"

이러며 둘이 이렇듯 새벽이 될 때까지 논다.

그 후로, 원앙이 녹수에서 놀듯, 봉황이 이어진 나뭇가지에 깃들이듯, 날이 새면 책방으로 가고 해가 지면 돌아와 주색 즐기기를 내시가 처가 출입하듯, 제 집 건넌방 왕래하듯 다닌다.

두 사람이 만나고 보면 푸른 물에 원앙이요, 꽃 사이에서 춤추는 나비다. 봄의 화류, 여름의 청풍, 가을의 월명, 겨울의 설경에 단둘이 만나 놀 때 회두일소백미생(回頭一笑百媚生)이라.[110] 백만 가지 교태로 웃는 웃음 속에 꽃이 피고 미인의 수작은 말 가운데 향내를 풍긴다.

"앉거라 보자. 서거라 보자."

유리 같은 각장장판에 고운 발은 외씨 같다. 춘향이 사뿐사

뿐 걸어올 때 발목을 담뱃대로 치면 제가 절로 안긴다. 이렇듯 안고 떨고 진저리 치고 몸서리 치고 소름 돋을 때 인간의 즐거움으로는 그 이상이 없다.

이렇게 하여 세월이 물 흐르듯 지나 몇 년이 지났다.

남원 부사가 선정으로 백성을 다스리자 조정 군신들이 공론하여 공조참의(工曹參議)로 승진시켰다는 유지가 내려온다.

이 도령은 뜻밖에 당한 일로 마른하늘 급한 비에 된 벼락이 치는 듯, 모진 광풍에 돌과 화살이 날리는 듯, 정신이 아찔하고 마음이 끓는 듯해 두 주먹을 불끈 쥐어 가슴을 쾅쾅 두드린다.

"이를 어이 한단 말인가. 옥 같은 나의 춘향과 생이별을 한단 말인가. 사람 못 살 시운이라. 내직으로 승차는 무슨 일인가. 공조참의 하지 말고 이 고을 좌수로나 주저앉았으면 내게는 아주 좋을 것을. 애고 이를 어찌할꼬, 가슴 답답 나 죽겠다!"

도령이 휘둥기둥 춘향이 집 찾아가니 춘향은 아직 소식을 몰라 반겨 와락 달려들며 들입다 이 도령의 허리를 안고 칠보 비녀에 새겨진 금나비같이 온몸을 바드득 떤다.

이 도령의 거동 보소. 수심이 첩첩하여 슬픔을 품고 눈물을 흘리며 말한다.

"말을 하려 하니 기가 막혀 죽겠다. 네가 태어나지 말았거나 내가 너를 몰랐다면 좋았을 것을. 여러 말 할 것 없이 죽는 것밖에 할 일 없다!"

춘향이 옴찔 놀라 묻는다.

"그것이 무슨 말씀이오? 어제 나오실 때 희색이 만면하여 나를 보고 반기시며 해당화의 범나비같이 너울너울 노시더니, 오늘은 별안간에 근심기가 얼굴에 가득하고 말씀조차 이리 맹랑하오? 윗분에게 꾸중을 들으셨소? 몸이 어디 불편하오? 어떠한 곡절인지 자세히 압시다."

이 도령이 울며 대답한다.

"떨어졌단다, 떨어져!"

춘향이 놀라 대답한다.

"어디서 낙상을 했단 말이오? 그래 크게 다친 것은 아니오?"

"뉘 아들놈이 내가 떨어졌다더냐? 어르신네가 곯았단다!"

"곯아, 애고 곯다니 사또 갈리셨나 보오."

"그렇단다."

"그래요? 애고 그러면 울기는 왜 울어요, 더 좋지요. 내직의 좋은 벼슬로 승차하시거나 외직이라도 공주, 나주 목사 같은 것이나 영변 영유 같은 데로 가시면 오죽 좋을까. 나는 내 세간 다 가지고 삿갓가마 타고 도련님 뒤를 따라가지요."

이 도령이 두 소매로 낯을 싸고 목이 메어 말한다.

"잘 따라오너라. 잘 따라와! 그러할 터 같으면 뉘 아들놈이 기탄하리."

춘향의 거동 보소. 얼굴빛이 변하며 말한다.

"애고, 이 말이 웬 말이오. 이별 말이 웬 말이오?"

그러고는 섬섬옥수 불끈 쥐고 분통 같은 제 가슴을 법고 중이 법고 치듯 아주 쾅쾅 두드리면서, 두 발을 동동 구르면서, 삼단 같은 제 머리를 홍제원 나무 장사 잔디 뿌리 뜯듯 바드득 바드득 쥐어뜯으면서 통곡한다.

"애고 애고 설운지고. 죽는 것밖에 할 일 없네. 날 속이려고 이리하나. 조르려고 기롱하나? 비단 수건을 끌러내어 한 끝은 나무에 매고 또 한 끝은 목에 매고 뚝 떨어져 죽고 지고. 푸르고 푸른 소에 풍덩 빠져 세상을 잊고 지고. 아무래도 못 살겠네. 잔말 말고 나도 가옵시다. 꺼걱 푸드덕 장끼 갈 때 아로롱 까투리 따라가듯, 푸른 물 갈 때 원앙 가고, 청수피 갈 때 씨암탉 가고, 청개구리 갈 때 실뱀 가고, 봉이 갈 때 황이 가고, 송별낭군 도련님 갈 때 청춘소첩 나도 가세. 쌍교는 과하니 말고, 독교는 슬프니 말고, 가마를 꾸미되 가마꼭지는 왜주홍 칠하고, 가마뚜껑은 궁초로 싸고, 가마 청장대는 먹감나무로 하고, 가마발은 순천 담양 들어가서 왕대를 베어다가 철궁에 뽑아내어 당주홍(唐朱紅) 칠하여 색 고운 청면사로 거북 무늬로 얽어내어 당말액(唐抹額) 실로 금전지 달고, 휘장은 백설이 풀풀 흩날릴 때 돈피로 두르고, 가마 얽이는 생면주로 치고, 헌거한 건장한 놈으로 하여금 좋은 전립을 천은영자(天銀纓子) 넓은 끈을 달아 쓰게 하고, 외올 망건 당사 끈에 적대모(赤玳帽) 고리를 관자 양 귀 밑에 떡 붙이게 하고, 통명주 당바지 삼승으로 물겹옷 지어 앞자락을 젖혀 뒤로 매게 하고, 삼승 버선에 짚신 들어 매게 하고, 걷는 말에 반부담시켜 떵떵거리며 날 데려가오. 그럴 수 없거든 다 훌쩍 털어버리고, 소첩이 여복을 하지 말고 남복을 하되, 보라 동옷 당바지에 대님 매고 행전 치고 갈매를 짙게 들여 긴 옷을 지어 입고, 머리 땋아 궁초댕기 석우황의 뒤로 출렁 늘어뜨리고 당차련 띠를 띠고 겹옷자락을 접어다가 어슥비슥 꽂은 후에, 두 푼짜리 세코짚신 단단히 맨 후에 오른손으로 채를 들고 왼손으로 견마(牽馬)하여 도련님 올라가실 때에 나귀 견마나 하고 가세!"

이 도령이 달래는 말을 한다.

"울지 마라, 울지 마라, 제발 울지 마라! 네 울음소리에 사나이의 일촌간장이 다 녹는다. 이리 애를 쓰고 어찌하리. 널랑 죽어 물이 되되 천상의 은하수, 지하의 폭포수, 동해수, 서해수, 크고 큰 장강수는 다 버려두고 음양수(陰陽水)라는 물이 되고, 날랑 죽어 새가 되어도 난봉, 공작, 두견, 접동 다 버려두고 원앙조(鴛鴦鳥)라는 새가 되어, 그 새가 그 물을 보고 반기며 풍덩실 빠져, 주야장천 세지 말고 어화 둥실 떠 있고 싶소. 그렇지 못하거든 널랑 죽어 방아학이 되고 날랑 죽어 방아공이 되어, 경신년 경신월 경신일 경신시에 강태공이 조작하듯이 사시장천 가리지 않고 떨거덩 찧고 싶소. 그렇지 못하거든 널랑 죽어 암톨쩌귀 되고 날랑 죽어 수톨쩌귀 되어, 분벽사창(粉壁紗窓) 열 때마다 제 구멍에 제 쇠가 박혀 춘하추동 사철 없이 빠드득빠드득 하고 싶소. 그렇지 못하거든 널랑 죽어 강릉 삼척 들어가서 오리목 되어 서고, 날랑 죽어 삼사월 칡넝쿨 되어 한없이 뻗어갈 때 진 데 마른 데 가리지 말고 들 건너

벌 건너 얼른 건너가서, 그 나무 밑부터 끝까지 왼쪽으로 풀어 오른쪽으로 감고, 오른쪽으로 풀어 왼쪽으로 감아 나무 위쪽 끝까지 휘휘 칭칭 감은 채 삼춘이 다 진토록 떠나 살지 말자 했거늘, 인간에게 일이 많고 조물주도 시샘을 내어 신정(新情)도 미흡한데 애달픈 이별이 되었네! 만금(萬金)과 같은 너를 만나 백년해로하자 했더니 금일 이별 어찌하리. 너를 두고 가잔 말인가. 나는 아마도 못 살겠다!"

"내 마음에는 어르신네 공조참의로 승차 말고 이 고을 풍헌만 하시면 이런 이별 없을 것을, 생눈 나올 일을 당하니 이를 어찌한단 말인가. 귀신이 장난을 치고 조물주가 시기하니 누구를 탓하겠느냐만 이 춘향만은 어쩔 수 없네."

"네 말이 다 못 될 말이니 아무튼 잘 있어라."

춘향이 대답한다.

"우리 당초 광한루서 만날 때 내가 먼저 도련님더러 살자 했소? 도련님이 먼저 나더러 하신 말씀 다 잊었소? 이런 일이 있겠기로 당초 내가 마다하지 않았소?"

"우리의 금석상약(金石相約)이 오늘날에 다 허사가 되네!"

"이러구러 분명 못 데려가겠소? 진정 못 데려가겠소? 종래 아니 데려가려 하오? 정 아니 데려갈 터이면 날 죽이고 가오! 그렇지 않으면, 광한루서 도련님이 날 호리려고 명문(明文)해 준 것이 있으니 내 소지(所志) 지어가지고 본관 원님께 이 사연으로 원정을 올리겠소. 원님이 만일 당신 귀공자를 역성들어 낙송시키거든 그 소지를 첩련(貼聯)하여[111] 원정 지어가지

고 전주 감영 올라가서 순사또께 의송(議訟)할 것이오. 그런
데 도련님이 양반이기에 도련님 편지 한 장에 순사또가 같은
양반 편을 들어 또 나를 낙송시키든가 하면 다시 그 제사를 첩
련하여가지고 한양 성중에 들어가 형한양사 비변사까지 정할
것이요, 도련님이 사대부로서 여기저기 청탁의 결연으로 또
송사를 지우거든 그 제사 모두 첩련하여 똘똘 말아 품에 품고
팔만장안 억만가호(億萬家戶)로 걸식 다니며 돈 한 푼씩 빌어
얻어, 동의전에 들어가서 바리뚜껑 하나 사고 지전에 들어가
서 장지 한 장 사가지고 언문으로 상언 쓰되, 마음속에 먹은
뜻을 자세히 성문하여가지고 이월이나 팔월이나 동료로나 서
교로나 임금님 능행 거둥하실 때에 문 밖에 내달아서, 임금님
이 만인총중(萬人叢中) 섞였다가 용대기 지나치고 호위 창 들
이고 홍양산을 뒤세우고서 가교나 마상에 앉아 헌거로이 지
나실 때 왈칵 내달아서 바리뚜껑 손에 들고 높이 올려 땡땡 하
고 세 번만 쳐서 격쟁까지 하겠소. 애고 애고 설운지고! 그리
하여 또 못 되거든 말라서 죽은 후에 넋이라도 산수갑산(山水
甲山) 제비 되어 도련님 계신 처마 기슭에 집을 종종 지어두
고, 밤중에만 집으로 드는 체하고 도련님 품으로 들어볼까. 이
별 말이 웬 말이오? 이별 이(離) 자 내던 사람 나와 백 년 원수
로다. 진시황이 시서를 불태울 때 이별 두 자 잊었던가? 그때
살았다면 이 이별이 있겠는가. 박랑사 쓰고 남은 철퇴를 천하
장사 항우에게 주어 힘껏 둘러메어 깨트리게 하고 싶소. 이별
두 자 옥황전에 솟아올라 옥황상제께 알려지게 하여 벼락상

좌로 하여금 내려와서 때리게 하고 싶소. 이별 두 자, 호지의 모자 이별, 남북의 군신 이별, 정로(征路)의 부부 이별, 운산의 붕우 이별, 이정(離亭)의 형제 이별, 살아 생이별, 죽어 영이별, 이 이별 저 이별 이별마다 섧건마는 이 이별은 생초목에 불이 붙네. 사랑도 처음이요, 이별도 처음이라. 오장이 찢어지고 비단 같은 마음이 녹아온다. 애고 답답 설운지고. 이를 어찌한단 말인고!"

이 도령이 말한다.

"춘향아 말 들어라. 애고, 춘향아 내 말 들어라. 모든 간장이 다 녹는다. 한때 이별 섧건마는 얼마 되리. 두고 가는 나의 모양 어찌 한정하리. 함께 갈 마음이 불현듯이 있건마는 경성으로 올라가면 요긴치 않은 친척들이 공연스럽게 공론하되, 아이놈이 작첩(作妾)하여 학업 전폐한다 하고 호적 밖에 빼내 버릴 것이니 이런 까닭으로 뜻과 같이 하지 못하는구나. 잘끈 참아 수삼 년만 견디어라. 밤낮으로 공부하여 입신양명한 다음에 너를 찾아올 것이니 부디부디 잘 있어라. 장부의 일언(一言)이 중천금(重千金)이라, 천지가 개벽하고 산천이 돌변한들 금석 같은 내 마음이 설마 너를 잊겠느냐."

춘향이 하릴없이 이별주 부어 들고 눈물 흘려 권한다.

"도련님 말이 그러하니 한 번만 더 속아봅니다. 내 생각은 아주 말고 글공부나 힘써 하셔서 소년등과 하신 후에 부당(夫黨)에 영화 뵈고, 요조숙녀 배합하고, 성군 만나 일신영귀 하셨을 때, 그때에나 잊지 마오. 필운(弼雲) 소격(昭格) 탕춘대

(蕩春臺)와 양한 강 경치 좋은 데서 배반이 낭자하고 풍악이 융융한 가운데 유정한 친구 절대가인 일급 고인(鼓人) 명창들이 구름같이 옹위하여 주야잠심(晝夜潛心) 노닐 적에 이 술 한 잔 생각하오. 애고 설운지고. 떠날 이(離) 자 슬퍼 마오, 보낼 송(送) 자 나도 있소."

"보낼 송 자 슬퍼 마라, 돌아갈 귀(歸) 자 어이 하리."

"돌아갈 귀 자 슬퍼 마오. 슬플 애(哀) 자 애연하오."

"슬플 애 자 슬퍼 마라. 옥 같은 너를 두고 경성으로 올라가서 적막강산 홀로 앉아 생각 사(思) 자 어이 하리."

춘향이 차마 손을 나누지 못하고, 애연함을 이기지 못하여 말한다.

"이제 가시면 언제나 오시려오? 태산 중악 만장봉이 모진 광풍에 쓰러지거든 오시려오? 기암절벽 천층석(千層石)이 눈비 맞아 썩거든 오시려오? 용마(龍馬) 갈기 둘 사이에 뿔 나거든 오시려오? 십 리 사장 가는 모래가 정 맞거든 오시려오? 금강산 상상봉이 물 밀어 배를 둥둥 띄워 평지 되거든 오시려오? 병풍에 그린 황계가 두 날개를 둥덩 치고 사오경 늦은 후에 날 새라고 꼬끼오 울거든 오시려오? 층암절벽에 진주 심어 싹 나거든 오시려오? 아무래도 못 놓겠네. 애고 애고 설운지고! 이 이별을 어찌하리."

이 도령이 위로한다.

"너무 슬퍼하지 마라! 장부 간장이 다 녹는다."

그러고는 방자를 불러 말한다.

"책방 가서 대나무 한 분(盆) 가져다가 나의 춘향에게 주어다오."

또 춘향을 향해 말한다.

"오동야우(梧桐夜雨)[112] 잠 깬 후와 호접춘풍(胡蝶春風)[113] 긴긴 밤에 내 생각이 나거든 날 본 듯이 두고 보오."

춘향이 대답한다.

"백초를 다 심어도 대나무는 아니 심는다 하오. 화살대는 가고, 젓대는 울고, 그리나니 붓대로다. 울고 가고 그리는 대를 구태여 심으라 하오."

도령이 대답한다.

"네가 어찌 알겠느냐? 취죽창송(翠竹蒼松)은 천고절(千古節)이라.[114] 동천에서도 푸르고 눈 속에서도 순이 나는 고로 여인의 절행은 대나무에서 본을 받으니 정성으로 심어두라!"

도령이 남대단 주머니의 주황 당사(唐絲)로 된 끈을 풀어서 삽화경(揷畵鏡)을 집어내어 춘향에게 주며 말한다.

"대장부의 굳은 마음은 거울 빛과 같을지니 진토 중에 묻혀 천백 년이 지나간들 거울 빛이 변하겠느냐. 이것으로 신표(信標)를 삼아라!"

춘향이 받아 손에 쥐고 말한다.

"이것이 평생의 신물(信物)이라면 또한 대봉(代捧)이 없겠습니까?"

춘향이 보랏빛 대단으로 만든 속저고리의 명수 고름을 어루만져 옥지환(玉指環)을 끌러내어 도령에게 주며 말한다.

"여자의 수행함이 옥지환 빛과 같아서 송죽같이 굳은 마음은 이 옥같이 단정하고 일월같이 맑은 뜻은 이 옥같이 청백하니, 상전이 벽해 되고 벽해가 상전 된들 변하지 않을 것입니다."

도령이 옥지환을 받아 깊이 넣고 이별 노래를 부른다.

"잘 있거라. 나는 간다. 간들 아주 가며 아주 간들 잊을소냐. 잠 깨어 곁에 없으니 그를 설워하노라."

춘향이 화답한다.

"울며 잡는 소매를 떨치고 가지 마오. 도련님은 돌아가면 잊더라도 소첩은 영영 못 잊을 것이오. 부디 평안히 가오. 가다가 긴 한숨 나거든 난 줄 아오."

이렇듯이 이별이 어려워 손을 마주 잡고 서로 울 때, 책방 방자가 달려들어 성화같이 재촉한다.

"사또께서 분부 내려 도련님 계신 곳을 알아내 성화같이 데려오라 하시고 서서 기다리시니 빨리 가웁시다."

이 도령이 깜짝 놀라며 말한다.

"너는 병환의 까마귀요, 혼인의 방해꾼이다. 너는 사람 냄새 잘 맡는 놈과 붙어 낳느냐? 끔찍이 재촉하지 마라. 만날 때도 네 덕이요, 이별할 때도 네 덕이니, 애고 답답, 나 죽겠다!"

이 도령이 하릴없이 돌아올 때 춘향은 스스로 기운이 다하여 늘어진다. 이 도령이 몸만 돌아오는데 사또가 불러 명령한다.

"나는 미진한 공사나 다 마무리하고 사무 인계 마감하고 수일 후에 떠날 것이니, 너는 지금부터 준비하여 내일 사당 모시고 일찍 떠나도록 하라!"

이 도령에게 그 말은 여산(廬山) 풍경에 헌 쪽박이라.[115] 도령이 춘향 생각만 골수에 박혀 설운 울음을 한껏 참았다가 입을 열 때, 한마디 소리 툭 터지며 악바윗골 모진 호랑이가 절구공이로 쌍주리를 틀리고 인왕산 기슭으로 가는 소리처럼 동헌을 허무는 듯한 울음이 북받친다.

놀란 사또가 달랜다.

"용렬하다, 울지 마라! 남원부사를 나만 하랴? 수삼일 사이에 올라갈 것이니 그렇게 울도록 하겠느냐? 그리 말고 마음 놓으라!"

이 도령이 그러한 체하고 동헌부터 책방까지 울며 나오고, 식음을 전폐하고 뜬눈으로 밤을 새운 뒤, 날이 밝아 길 떠날 때 사당(祠堂)과 내행 다 모시고 배행하여 올라간다.

"가노라 남원 땅아, 다시 보자 광한루야!"

신정(新情)이 미흡하여 옥인(玉人)과 이별하니 눈을 떠도 춘향이요, 감아도 춘향이라. 길 가는 행인들이 다 춘향인 듯, 꽃 같은 고운 얼굴이 눈앞에 암암하고 낭랑한 말소리는 귓가에 쟁쟁하니, 마음이 쇠와 돌이 아니거든 이리하고 어찌하리. 가재걸음이 절로 된다. 먼 산만 바라보고 슬프게 올라갈 때, 한 모롱이를 지나 십 리 정에 다다라서 문득 들으니 절절이 원한을 품은 슬픈 울음소리 공중에 사무쳐, 머리끝이 쭈뼛하고 가슴속이 찢어지는 듯하고 정신이 어지럽고 뼈끝이 저려온다.

이 도령이 마부에게 묻는다.

"처량한 저 울음을 누가 이리 슬피 울어 나의 심사를 산란 케 하느냐?"

마부 놈이 채를 들어 한 곳을 가리킨다.

"저 건너 소나무 숲에서 어떤 여인이 웁니다."

이 도령이 생각한다.

'우리 춘향이가 나를 보러 중로(中路)에 와서 기다리나 보 다.'

"마부야 말 잡아라. 뒤를 잠깐 보고 가자!"

울음소리를 찾아갈 때, 점점 깊이 들어가니 마부 놈이 여쭙 는다.

"여기서 뒤 보시지 어디로 들어가오?"

이 도령이 돌아보며 꾸짖는다.

"백발의 놈 너로구나. 누가 보든지 네 아랑곳하랴."

그러고는 들어가서 자세히 보니 바로 춘향이다!

춘향의 손을 마주 잡고 데굴데굴 구르고 함부로 탕탕 부딪 치며 이 도령이 말한다.

"너와 나는 여기서 죽자! 너는 어찌하여 여기 있느냐?"

"도련님 가시는 길에 전별(餞別)하러 왔사오니 마지막 이별 잔을 잡으시오!"

춘향이 술을 부어 권할 때에 장부의 심장이 다 녹는다. 춘향 이 옥수를 자주 들어 눈물을 지어 뿌리며 말한다.

"천지 인간의 이별 중에 나 같은 이별 또 있는가. 애고 도련님 내 말 듣소! 서러워 차마 못 살겠네!"

이 도령이 위로한다.

"네 속이나 내 속이나 간장이야 다르겠느냐. 석벽에 두 어깨 대듯이 꼼짝 말고 수삼 년만 기다려라!"

서로 잡고 울음 울 때 마부 놈이 달려든다.

"도련님 어서 일어나오! 대부인 마누라님이 앞참에서 도련님을 찾으신다 하고 관노(官奴) 놈이 왔사오니 어서 바삐 일어나오!"

이 도령이 말한다.

"네가 목석이 아니라면 이 형상을 보고 어찌 떠나라 하느냐. 돈을 후히 줄 테니 한마디만 잠깐 더 하고 가자."

마부 놈이 여쭙는다.

"천 리를 가나 십 리를 가나, 한때 이별은 어쩔 수 없으니 제발 일어나오!"

이 도령이 하릴없이 떠나니 두 사람의 간장이 다 녹아내린다.

춘향의 거동 보소. 울음 울며 말한다.

"도련님 부디 평안히 가오. 떠나는 회포는 측량없지만, 나 같은 천첩은 조금도 생각 마시고 서울 올라가 학업에나 힘써, 온전한 뜻을 이룬 후에 부디부디 날 찾아주오. 머리 위에 손을 얹고 기다릴 때에 바라는 눈이 뚫어지지 않게 하옵소서!"

이 도령이 말한다.

"오냐, 부디 잘 있거라!"

그러고는 그리움을 이기지 못하여 차마 손을 놓지 못하고, 소매를 들어 눈물을 씻으면서 당부한다.

"나의 일은 염려 말고 몸을 삼가고 신의를 지켜서 내가 돌아오기를 기다려라!"

그러면서 떠나는 것을 잊고 있더니, 서산의 해는 늦어가고 방자의 재촉은 성화같다.

도령이 마지못해 춘향의 손을 놓고 말에 올라 돌아섰으나 한 걸음에 돌아보고 두 걸음에 기가 막혀 갈 길은 아득한데, 목이 메어 말한다.

"잘 있거라!"

"부디 평안히 가오!"

이렇듯이 목쉰 소리로 이별할 때에 길이 점점 멀어간다. 한 산 넘어 오 리 되고, 한 물 건너 십 리로다. 둘이 입만 벙긋벙긋하되 음성은 아니 들린다! 속절없이 떠날 때에 이전에는 느리게 걷던 말조차 오늘은 어이 그리 재게 가는가? 춘교(春郊)의 우는 새는 간장을 부수는 듯하고, 장제(長堤)의 푸른 버들은 무정히 푸르다.

"형용조차 묘연하니 애고 답답 가슴이야! 욕망(慾望)이 난망(難忘)이요 불사(不思)가 자사(自思)로다.[116] 보고 지고 보고 지고, 나의 춘향 보고 지고! 어린 모습 아름다운 목소리를 잠깐 듣고 지고! 유리잔에 술 부어 들고, 잡수시오 잡수시오 권하던 양 지금 만나고 지고! 천리장정(千里長程) 머나먼 데 너를 잊고 어이 가리? 속절 춘향 전혀 없다. 이놈 마부야! 말이나 천천히 몰아 가자. 꽁무니에 티눈 박이겠다. 저 앉았던 산봉우리나 보고 가자꾸나!"

마부 놈이 대답한다.

"소인도 한번 차모 귀덕이를 얻어 신정이 한창 미흡한데 이방 아전이 글을 올려 소인의 차례 아닌 길을 보내오니, 귀덕이의 손을 잡고 떠나올 때 무지한 간장도 봄 눈 녹듯 녹아 마음이 산란하여, 서울까지 육백오십 리를 한참 달려 내일 덤뻑 내려가려는 급한 마음이 화살 같아 말을 바삐 모나이다. 그러하오나 도련님이 하도 민망해하시니 천천히 모시리다. 다만 길 가기 심심하고 도련님 마음이 하도 산란해하시니 위로 겸하여 그 놀던 이야기나 하며 가십시다. 우리 귀덕이도 묘하외다."

이 도령이 대답한다.

"그 이름 더럽다. 인물은 어떻게 묘하더냐?"

마부 놈이 대답한다.

"머리 앞은 이마가 좁아 두 눈썹이 닿았고, 두 눈은 왕방울만하고, 코는 바람벽에 말라붙은 빈대 같고, 입은 두 귀 밑까지 돌아오고, 가슴은 둥근 기둥 같아 젖통이라는 말은 아주 없으니 요런 묘한 계집이 또 어디 있겠습니까?"

이 도령이 웃고 말한다.

"그것도 사람이란 말이냐. 너는 무엇을 쥐했기에 그리 흉하고 끔찍한가."

마부가 말한다.

"계집 묘리를 모르시는 말씀이옵니다. 이마 좁은 것은 겨울에 돈 아니 들인 붙박이 휘양으로 요긴하고, 계집의 큰 눈은 서방이 꾸짖어도 겁을 내어 공손하고, 코 없는 것은 입 닿을 때 거칠 것이 없으니 더 요긴하고, 입 큰 것은 바쁠 때 급히 맞출 적에 아무 데를 대도 영락없으니 요긴하고, 젖통 없는 것은, 짧은 밤에 곤한 잠을 자다가도 보로통한 것이 만져지면 자연 마음이 흔들려 못된 일에나 떨어지고 몸이 몹시 축나게 되는데, 젖통이 없어 온밤을 성히 자고 나오면 녹용 한 그릇 먹은 셈이어서 요긴하니 요런 계집은 곧 보배입니다. 도련님 수청은 어떠하옵니까?"

"어허 이놈 들어보아라. 우리 춘향이야 어여쁘니라. 인물이 탁월하여 장부의 심장을 놀래고 백태가 갖추어졌으며 재덕이 어우러졌고 품질이 절승하니라. 애고 애고 설운지고! 저하고 나하고 둘이 만나 춘하추동 사시 없이 주야장천(晝夜長天) 즐겨 놀 때 재미있는 잔속이야 어찌 다 말하겠나. 애고 애고 설운지고! 태양의 신이 신필(神筆)이 되어도 춘향을 그려낼까. 항아를 내치신 건가. 직녀가 적강(謫降)한 건가. 너는 어인 아이기에 강산의 정기를 혼자 타서 나의 간장을 썩이느냐? 혼이라도 너를 찾고 꿈이라도 너를 찾으리라. 살뜰하게 그릴 때에 꿈에나 만나보자. 애고 답답 설움이야!"

이렇듯 탄식하며 경성으로 올라간다.

이때 춘향은 이 도령 떠나갈 때 가는 데를 보려고 갱상일층루(更上一層樓)하여 욕궁천리목(欲窮千里目)하니,[117] 천 리로 다 천 리로다, 임 가신 데 천 리로다. 기가 막혀 울음 울 때 길이 점차 멀어가니 형용이 점점 작아 뵌다. 서너 살 먹은 아이 강아지 타고 가는 것만하더니, 사월 팔일에 동자등(童子燈)만 해 뵈고, 산굽이를 돌아가니 아물아물 아주 없다. 애고 이를 어찌할꼬. 춘향이 기진토록 종일 울고 집으로 돌아와 방 안을 살펴보니 의지할 데가 없네.

"애고 애고 이것이 웬일인고? 극목천애(極目天涯)하니 한고 안지실려(恨孤雁之失侶)요, 회모양상(回眸梁上)하니 선쌍연지 동소(羨雙燕之同巢)로다.[118] 옥창잔월추야장(玉窓殘月秋夜長)에[119] 임이 그리워 어찌 살리! 가련하다 나의 신세, 일촌간장은 봄 눈 사라지듯 사라지니, 애고 이를 어이 할꼬! 대비정속(代婢呈贖) 면천(免賤)하고 사절빈객두문(謝絶賓客杜門)하며,[120] 의복 단장 모두 그만두고, 식음을 물리치고, 때 묻은 옷을 입고, 탈신(脫身)하여 맥을 놓고 누웠으니 인간 행락이 덧없디. 에고 에고 설우지고. 이 설음을 어찌할꼬 춘하추동 사시절에 임 그리워 어이 살리. 날개 돋친 학이 되어 훨훨 날아가서 보고 지고. 산 꼭대기 구름 되어 높이 떠서 보고 지고. 창해에 달이 되어 비추어나 보고 지고. 울던 눈물 받아내면 배도 타고 가련마는, 겹겹의 그리움을 그려낸들 한 붓으로 다 그리랴. 쓸쓸한 밤이 길기도 길어 천 리 같은 그리움은 더욱 섧다. 상사하던 도련님을 꿈에 만나보건마는 곧 잠 깨면 허사로다. 인생 백 년이 얼마인데 각각 동서(東西)에서 그리는고. 이별

이 비록 어려우나 이별 후가 더 어렵도다. 동지야(冬至夜) 긴 긴 밤과 하지일(夏至日) 긴긴 낮에 때마다 상사로다. 약수삼천 리(弱水三千里) 못 건넌다 일렀으나 임 계신 데 약수로다. 애고 애고 설운지고!"

이때 구관은 올라가고 신관이 내려온다. 신관 사또는 남촌 호박골에 사는 변학도로 천만 뜻밖에 인연을 맺은 덕으로 말 망(末望) 낙점(落點)이 되었다. 그날부터 남원 춘향이 명기라 는 소문을 들었으므로 생각이 오로지 여기에만 가 있어 밤낮 으로 부임하기를 기다린다.

"남원이 몇 리나 되는고. 신연(新延) 하인들이 사흘이나 되 도록 기척이 없으니 아주 이상한 일이야."

신관이 성화같이 기다리는데, 잔뜩 졸라 열사흘 만에 신연 관속들이 올라와 수청 불러 거래하고 현신하러 들어온다.

"현신 아뢰오!"

신관이 밤낮으로 기다리다가 이렇듯 늦게 온 것을 보니 골 이 한껏 나서, 한마디 호령하려고 종놈 불러 분부한다.

"네 저놈들을 모두 내치라!"

호령이 추상 같으니, 건달들이 벌 떼같이 달려들어 이들을 일시에 내치는데, 대문 밖으로 내치는 것이 아니라, 호기가 되 는 대로 나서 남산골 네거리까지 몰아 나와서, 그 김에 장악원 (掌樂院)까지 훌쩍 내리 몰아, 한숨에 각전, 시정, 난전 몰듯 구리개 병문(兵門)까지 몰아 내쫓고 온다. 신관이 골김에 다 내치고 나서 다시 생각하니 모양도 아니 되고 그곳 소문도 물을 길이 없으므로 청지기를 불러 묻는 다.

"여봐라, 남원 하인 하나도 없느냐, 나가보아라!"

마침 방자 한 놈이 병이 나 낙후하여, 몰아내는 통에 끼지 못하고 이제야 저축저축하고 들어온다. 그놈의 형상은 아주 흉악히 추한 놈이라. 들어와서는 신관 사또 댁이냐 묻고 신연 관속들을 찾는다.

사또가 아무렇게나 그놈을 불러들여 현신시킨 후에 반겨 추스르며 말한다.

"그놈 잘도 났다. 외모가 심히 순박한 것이 기특한 놈이다. 네 고을 일을 자세히 아느냐?"

방자 놈이 여쭙는다.

"소인이 십여 대를 그곳에서 생장하온지라, 터럭 끝만한 일이라도 소인 모르는 일이 없사옵니다."

"어허 시원하다. 알든지 모르든지 우선 관원의 비위를 맞춰 대답하는 것이 기특하다. 네 봉록이 일 년에 얼마나 되느냐?"

"아뢰옵기 황송하오나 수이의 규료라 하는 것이 일 년에 좁쌀 넉 섬뿐이올시다. 그러하기에 이런 행차를 모시러 오거나 관가 구실로 서울 왕래를 하거나 할 때도 노자(路資) 받는 법이 없어 탄막(炭幕)에서 외상 먹고 다니거나 굶고 다닐 적이 많사옵니다. 그러하기에 이자에 이자를 놓는 경주인(京主人)의 빚이 무수하고, 환상(還上)도 매양 바칠 길 없사와 볼기를 흰 떡 맞듯 하옵니다."

"불쌍하다. 네 고을의 관속 중 제일 좋은 방임(坊任)이 얼마나 되느냐?"

방자 놈이 대답한다.

"수삼천 금 쓰는 방임이 서너 자리나 되옵니다."

"내가 도임하거든 그 방임 서너 자리를 모두 다 너를 시키리라!"

"황송하옵니다. 상덕이올시다."

"여봐라, 그는 그러하거니와 네 고을에 저 무엇이 있다 하던데……어어, 유명한 별것이 있다 하던데……."

"두렵사오나 무엇이온지 모양만 하문하시면 알아 바치오리다."

신관이 풀 먹인 갓끈 맨 채 뒷짐 지고 거닐면서 말한다.

"아아, 이런 정신이 어디 있으리. 고약한 정신이로군. 그때에 생각했는데 그사이에 깜박 잊었구나. 이런 정신으로 무엇을 하리. 도임 후의 수다한 공사에 성화할밖에. 애고, 무슨 양이라 하던데……혹 무슨 양이라고 있느냐? 아주 논란 없이 절묘하다 하던데……."

"양이라 하시는데 무슨 양이옵니까?"

"허허, 이놈 그것도 모른단 말이냐. 너 나무라서 무엇 하리. 그것은 내려가면 차차 알려니와 네 고을이 서울서 몇 리나 되느냐?"

"한양에서 본관 읍내가 육백오십 리입니다."

"그러면 내일 일찍 내려가면 저녁참에 닿으랴?"

"내일 조정에 하직이나 하시고, 다음날쯤 떠나오시면 자연 궂은 날도 끼고 가시다가 감영에서 연명이나 하시고 혹 구경처에서 놀이나 하시고 연로의 각 읍에서 혹 연일(連日) 유숙이나 하시며 천천히 내려가시면 한 보름이면 도임하실 것 같사옵니다."

"어허 이놈 고얀 놈. 보름이라니……주리를 틀 놈, 보름이라니……. 이놈이 곧 구워 죽일 놈이야. 네 이놈, 아까 시킨 서너 자리 방임에서 모두 제명하라. 이놈을 쫓아 내치고 청지기를 불러 신연 하인에게 다시 잡담하고 바삐 출발 준비하라."

성화같이 내려가는 모양을 보면, 쌍교(雙轎), 독교(獨轎), 별연(別輦)이라. 좌우 청장 넘놀았다. 급마가 남쪽으로 호호탕탕(浩浩蕩蕩) 내려가는데 평지에는 별연(別輦)이요 산곡에는 좌마(坐馬)로다.

남대문을 바삐 나서 칠패, 팔패, 돌모로, 동작리를 얼핏 지나 신수원에서 숙소하고, 상류천, 하류천, 죽밑, 오뫼를 바삐 지나, 진위읍내에서 중화(中火)하고 칠원 성환, 천안 삼거리에서 숙소하고, 느티, 정천, 노성에서 숙소하고, 은진 닥다리, 여산, 삼례를 얼른 지나 전주 들러 중화하고, 노고바위, 임실을 얼핏 지나, 남원 오리정(五里亭)에 다다른다.

개복청(改服廳)[121] 들러 헐소(歇所)하고[122] 삼번관속 육방아전 지경(地境)에서 영접할 때 연봉육각(延捧六角)[123] 좋을시고. 대장청도도(大張淸道道)라[124] 청도(淸道) 한 쌍, 홍문(紅紋) 한 쌍, 주작 남동각(南東角), 남서각, 홍초남문(紅綃藍紋) 한 쌍, 청룡 동남각, 서남각, 남초 황문 한 쌍, 등사순시(騰蛇巡視)[125] 한 쌍, 황초백문(黃綃白紋) 한 쌍, 백초 동북각, 서북각, 백초 흑문 한 쌍, 현무 북동각, 북서각, 흑초, 관원수, 마원수, 왕영관(王領官), 은원수(殷元帥), 조현관(趙玄官), 표미기(豹尾旗), 금고 한 쌍, 호총 한 쌍, 나(鑼) 한 쌍, 정(鉦) 한 쌍, 나발 한 쌍, 바라 한 쌍, 세악 두 쌍, 고 두 쌍, 발 한 쌍, 적 한 쌍, 순시 한 쌍, 영기 두 쌍, 중사명, 좌관이, 우영전, 집사 한 쌍, 기패관 두 쌍, 군노직(軍奴直) 열두 쌍, 주라, 나발, 호적, 행고, 태평소, 천아성(天鵝聲) 소리에 천지가 진동한다. 기치검극(旗幟劍戟)[126]은 추상같고 살기는 충천이라. 일산에 길로마며 권마성(勸馬聲)이 더욱 좋다. 집사, 장관 행렬하는데 그 밖에 별대마병, 통인, 관노, 급장, 다모, 방자, 도훈도(都訓導)라.[127]

아이 기생은 녹의홍상을 입고 어른 기생은 전립(戰笠)을 쓰고 늙은 기생은 영솔(領率)하고 육각(六角)으로 취타(吹打)하고 삼면으로 전배할 때, 좌수별감 현알하고 모든 장교 군례 올리고 육방아전 현신하고 기생 통인 문안한 후 사또가 신연 유리를 불러 분부한다.

"네 고을 대소사는 네 응당 알 것이니 바른대로 아뢰어라."

신연 유리 분부 듣고 환상민폐(還上民弊), 전결복수, 죄수도안, 대소읍사(大小邑事) 대강대강 보고하니, 신관이 골을 내어 다시 분부한다.

"네 고을의 유명한 것에 대해 들은 지 오래되었는데 여기 아니 있느냐? 무슨 양이라 하던데……."

이방이 그 까닭을 알지 못해 겁결에 대답한다.

"창고에 군량이요, 육고(肉庫)에 우양(牛羊)이요, 마고(馬庫)에 외양이요, 감사정배 귀양이요, 기생관비 속양이요, 불가(佛家)에 공양이요, 여염집에 고양이요, 청백한 놈 사양이요, 수줍은 놈 겸양이요, 시냇가에 수양이요, 이결은 평양이요, 사정에 한양이요, 흉한 놈에 불양이요, 해 다 졌다 석양이요, 남녀 간에 음양이요, 엄동설한 휘양이요, 허다한 양이 무수하오나 대강만 아뢰면 이러하옵니다."

"어허, 아니다."

"두렵사옵니다만 사람 못된 것을 잘양이라고 하옵니다."

"그것도 아니다."

좌수가 듣기 민망하여 꿇어앉아 여쭙는다.

"아뢰옵기 황송하오나 남원 고을에서 나온 것으로 새양이 많습니다."

신관이 짜증을 내고, 통인 불러 좌수 내친 후에 말한다

"여봐라, 삼번 관속들이 나를 지경에서 맞이하느라 먼지를 쓰고 바쁘게 들어왔으니, 다른 점고는 다 없애고 그편에 있는 기생 하나도 빠트리지 말고 점고차(點考次)로 대령하라. 네 고을이 색향(色鄕)이라 하니 기생이 모두 몇 마리나 되느냐?"

이방이 아뢴다.

"원기(原妓)와 이속 비속(婢屬) 공비(公婢) 대비 합이 계산하오면 오십 수 되옵나이다."

"어허, 매우 마뜩하다. 기생 이름 붙인 것은 하나도 남기지 말고 톡톡 털어 점고에 다 현신하게 하라!"

이방이 청령하고 나와서 모든 기생에게 지위하고 수군수군 공론한다.

"이 사또 알아보겠다. 사또가 아니요, 백설이 펄펄 흩날릴 때 깔고 앉는 방석의 아들놈이다."

공론(公論)이 분분하고 형방 아전이 수노(首奴) 불러 기생 도안(都案) 들여놓고 차례로 점고할 때, 남원 명기 다 모였다. 형방이 차례로 강성(講聲) 높여 호명한다.

"중추팔월(仲秋八月) 십오야(十五夜)에 광명 좋다 추월(秋月)이 나오.

분벽사창(粉壁紗窓) 요적(寥寂)한데 한가하다 향심(香心)이 나오.

오동 복판 거문고를 타고 나니 탄금(彈琴)이 나오.

사마상여(司馬相如) 줄소리에 탁문군의 춘정이라 오동월하(梧桐月下) 봉금(鳳琴)이 나오.

남전(藍田)의 미옥(美玉)이라 양국 보배 금옥(金玉)이 나오.

도원심처(桃園深處) 찾아가니 무릉춘색(武陵春色) 담도(淡桃)로다.

녹양이월(綠楊二月) 삼월춘하니 만화방창(萬化方暢) 춘단(春丹)이 나오.

독방사창(獨房紗窓) 비친 달을 억조창생(億兆蒼生) 사랑하니 애월(愛月)이 나오.

강남채련금이모(江南採蓮今已暮)라[128] 수중옥녀(水中玉女)
부용이 나오.

원앙금리춘몽란(鴛鴦衾裏春夢闌)하니[129] 네가 일정 영애(令
愛)로다. 어서어서 나오너라.

옥토도약항궁(玉兎搗藥姮宮)[130]에 비껴 서 있는 계월(桂月)
이 나오.

천향국색(天香國色) 너를 보니 설부화용(雪膚花容) 승옥(承
玉)이 너도 저만큼 서 있거라.

영명사(永明寺)를 찾아가니 명사십리(明沙十里) 늦은 봄에
설도(薛濤) 같은 해당춘(海棠春)이 나오.

낙빈왕(駱賓王)의 완월(玩月)인가 동영초생(東嶺初生) 명월
(明月)이 나오.

춘하추동 사시절에 명색 좋다 월색(月色)이 나오.

세우동풍향난간(細雨東風向欄干)하니[131] 화중부귀(花中富貴)
모란이 나오.

상연(霜葉)이 홍어이월화(紅於二月花)하니[132] 부귀강산츈
(富貴江山春) 외춘(外春)이 나오.

낙락장송군자절(落落長松君子節)하니[133] 사시장청(四時長靑)
송절(松節)이 나오.

송하(松下)에 문동자(聞童子)하니 채약부지(採藥不知)[134] 운
심(雲深)이 나오.

도화유수묘연거(桃花流水杳然去)하니[135] 별유천지(別有天地)
선월(仙月)이 나오.

서정강상월(西亭江上月)이 뚜렷이 밝았는데 동각(東閣)에 설중매(雪中梅) 나오.

은하수변(銀河水邊) 오작교에 칠월칠석(七月七夕) 강선(降仙)이 나오.

요하(腰下)에 채인 환도(還刀) 빼어드니 천검(泉劍)이 나오너라.

반야삼경옥인래(半夜三更玉人來)하니[136] 합리춘광(閤裏春光)[137] 매화로다 나오너라.

주황 당사 벌매듭을 차고 나니 금낭(金囊)이 나오.

양금란초(洋琴蘭草) 거문고에 청가묘무(淸歌妙舞) 혜란(慧蘭)이 나오.

화용월태(花容月態) 고운 모습 빙호일편(氷壺一片) 명심(明心)이 나오.

나는 꽃을 저기 차니 화당춘풍(華堂春風) 연연(燕燕)이, 면면만만(綿綿蠻蠻) 유정하다 녹수심처(綠樹深處) 앵앵(鶯鶯)이 나오.

삼월동풍(三月東風) 난만한데 만강홍우(滿江紅雨) 금강(金剛)이, 화향월색(花香月色) 좋은 곳에 강남녹수(江南綠樹) 연엽(蓮葉)이 나오.

만첩청산(萬疊靑山) 썩 들어가니 무서울 짐승 없다 범덕이 나오.

안고름에 향낭(香囊)이, 겉고름에 부전이, 비에 털네, 비에 뺑네, 어서 이리 나오너라!"

한창 이리 점고할 때, 사또 참지 못하고 말한다.

"아서라, 점고 그만 하여라. 저기 저 일곱 번째 서 있는 저년은 나이 몇 살인가?"

"서른한 살이옵니다."

"아서라. 계집이 삼십이 넘으면 단물나느니라. 너도 저만치 바깥 줄로 서 있어라. 저기 얼굴 허연 저년은 이름이 무엇이냐?"

"영애입니다."

"나이는 몇 살이냐?"

'서른한 살을 단물났다고 퇴했으니 날랑은 바싹 줄여보리라' 하고 사십이 거의 된 년이 염치없이 말한다.

"열세 살이옵니다."

사또가 호령한다.

"저년의 뺨을 치라!"

영애가 겁내어 또 아뢴다.

"수인이 대강 먼저 아뢴 나이옵니다."

"그러면 온통 나이는 얼마나 되느냐?"

영애가 겁결에 과히 늘여 아뢴다.

"쉰세 살이옵니다."

사또가 골을 낸다.

"머리끝서부터 주리를 틀 년들, 더벅머리에 댕기 치레를 하듯, 파리한 강아지 꽁지 치레하듯, 꼴 어지러운 것들이 이름은 무엇이니 무엇이니, 나오너라 나오너라, 거 원 무엇들이 하나도 쓸 것이 없네. 아까 영애, 긴 영(永) 자 사랑 애(愛) 자, 어허, 구워 죽일 년 같으니, 이마 짓는다고 뒤꼭지까지 버스러지게 머리를 생으로 다 빼고, 청어 굽는 데 된장 칠하듯 밀기름 바르고, 연지를 시뻘겋게 왼뺨에 다 칠하고, 효시하는 놈이 회칠하듯 분칠하고, 눈썹 지었다고 양편에 똑 셋씩만 남기고, 어허, 머리를 뽑을 년 같으니, 뉘 돈을 먹으려고 열세 살이오. 눈 꼴사나운 닭 도적년 같으니. 이년, 목을 휘어 죽일 년들, 모두 다 내치라! 원기(原妓)라 하는 것이 이것뿐이냐?"

형방이 눈치 알고 연이어 부른다.

"전비(前婢) 춘향이 쉬오!"

사또 역정 내어 말한다.

"옳다, 춘향이라는 말 반갑구나. 어이 하여 이제야 부르느냐?"

"춘향이가 뺑네 아래란 말이냐?"

"두렵사오나 아직 나이 어린 까닭에 그러하옵니다."

"그러면 무엇무엇 여럿을 부르지 말고 거꾸로 그 하나만 부르면 그만 깨판이지. 그러나 그가 '나오' 않고 '쉬오' 하니 웬일인가?"

"아뢰옵기 황송하오나 춘향이는 기생 중 대비정속(代婢呈贖)하고 면천(免賤)하여 기생안(妓生案)에 없사옵니다."

사또가 정신이 쇄락하여 말한다.

"내가 서울서부터 들으니 향명(香名)이 아주 유명하시더구나. 이사이 평안하시냐? 또 그 대부인 월매 씨라든가 그도 평안하시냐?"

"네, 아직 무고하신 줄로 아뢰오."

사또 연하여 다가앉으며 이렇듯 경계 반반하게 인사한 후 다시 분부한다.

"춘향을 일시라도 지체 말고 속히 불러 대령하라!"

형방이 여쭙는다.

"춘향이는 몸은 무병(無病)하오나 구관 사또 도임 시에 책방 도련님과 백년해로 기약하여 대비정속하고 지금 수절하옵니다."

신관이 이 말 듣고 놀라며 말한다.

"어허, 세상에 변괴로다. 구상유취(口尙乳臭)[138] 아이들이 첩, 첩, 첩이라니! 또 본디 기생 년이 수절한다는 말이 가소롭다. 까마귀가 학이 되며 각관 기생이 열녀 되랴. 바삐 불러 현신시키라!"

형방이 청령하고 관속 불러 분부하니, 관속들이 분부 듣고 한걸음에 바삐 나와 춘향이를 부르러 간다.

춘향은 본디 독하고 도도하여 매몰하고 도뚠지라. 관속들이 혐의하더니 팔 척 장신 군노 사령이 훌쩍 뛰어나가는 거동 보소.

산수털벙거지 청이 광단 안을 올려 총 증자(鏳子)[139] 굴뚝 상모 눈 고운 공작미(孔雀尾)를 당사 실로 엮어 달고 붉은 비단 징두리 밀화 징두리 은으로 만든 넓은 끈에 날랠 용(勇) 사 떡 붙이고, 환도 사슬 걸어 차고, 화류장도(樺榴粧刀) 끈을 달아 흥복통에 비껴 차고, 탄탄대로로 발이 땅에 닿지 않을 만큼 바삐 가며, 이를 갈고 벼르면서 서로 의논한다.

"여봐라 여숙아, 내가 틀린 말이 있거든 아무리 동관(同官)이라도 곧 욕을 하여라. 아이년이 도령하고 한창 이렇다 할 때, 하루는 도령 아이 보러 들어올 때에 내가 마침 문을 보다가 '이 애 춘향아 너무 그리 마라. 도련님 보고 나오는 길에 비장청에 들어가서 서초 조금 얻어가지고 나오려무나. 언제나 있는 것이 아니니 네 덕에 빨간 담배 맛 좀 보자꾸나' 이리 하였지. 어느 실없는 놈이 틀린 말 하겠느냐. 그 아이년이 내 말하는 것을 개방귀로 알고 우리를 도무지 터진 꽈리로 알아, 눈을 거들떠도 보지 않고 홈치고 감치고 뒤치고 뺑당 그르치고 들어가니 말한 내 꼴이 어찌 되었나니. 너라도 얼마나 분하겠나. 육방아전, 삼번관속이라도 평시에는 저에게 설설 기는 체하거니와, 지난 혐의 있는 이는 앙심을 잔뜩 먹고 있다가 집장할 때 엄지가락을 잔뜩 눌러 속으로 곯게 엉덩이를 끊는 수가 있거든, 하물며 저렇게 어허 절통하게 생긴 년 같으니. 그 말 곧 하려 하면 넋이 오르더라. 제 이 도령이라는 것이 무엇이냐. 강류석부전(江流石不轉)이라.[140] 이번에 불러다가 만일 매가 내릴 때 사정 두는 놈은 내 아들놈이니라."

이리하며 춘향의 집으로 들어간다.

이놈의 심술들은 연화천병(煙火千柄)에 화승(火繩) 테 꼬이듯 꼬이고,[141] 마음이 틀리면 찰시루떡을 쪄서 놓고 밤낮 보름을 빌어도 이빨이 아니 드는 놈들[142]이라. 성화같이 달려들어

대문, 중문 박차면서 벌 떼같이 뛰어들며, 춘향이 부르기를 공중에 뜨게 불러 원근산천이 떠들듯이 호통 치며 들어온다.

"일이 났다, 일이 났다! 이놈의 죄에 저놈이 죽고, 저놈의 죄에 이놈이 죽고, 네 죄에 나 죽고 내 죄에 너 죽어 뭇 죽음이 나겠구나!"

모진 호랑이가 행랑에 달려들며 주린 개가 미역죽에 달려들 듯이 우레가 진동하는 듯하다.

이때, 춘향이는 이 도령만 생각하고 춘풍도리화개야(春風桃李花開夜)와 추우오동엽락시(秋雨梧桐葉落時)[143]에 눈물 섞어 한숨짓고 식불감(食不甘) 침불안(寢不安)하니 초췌하여만 간다. 백 가지 일에 뜻이 없고 만 가지 일에 경황이 없어 옥 같은 피부와 향기 어린 몸을 버려 침석에 던져두고, 일편단심 임 생각에 죽으려고 원을 하고, 세상 살아가는 즐거움이 전혀 없어 긴 탄식 짧은 한숨으로 일을 삼아 사라질 듯이 정신을 잃고, 녹는 듯이 잠연하여 시름없이 길고 긴 밤낮을 금침(衾枕)에 싸여 만사를 던져두고, 식음을 저폐하고, 아주 산송장이 되어 한양만 바라고 주야 축수할 뿐이다.

금일도 북편을 시름없이 바라보고 슬픈 눈물을 금치 못하고 누웠는데, 이 소리에 깜짝 놀라 벌떡 일어나 앉아 구멍으로 엿보니, 묵은 혐의 있는 놈이 모두 골라 나왔구나. 마음으로 곰곰 헤아리니, 분명 관가에 무슨 중병이 났나 보다. 어찌해야 옳단 말인가. 벌써 일이 이리되었으니 애걸이나 해보자. 춘향이 훌쩍 뛰어 내다르며 붉은 입술, 흰 치아를 반쯤 열고 웃음과 교태를 머금고 손뼉 치고 말한다.

"애고, 나 저 손님 본지고! 반갑기도 그지없고 기쁘기도 측량없네. 최 패두 오라버니 그사이 평안하오? 이 패두 아주버니 요사이 안녕하오? 형님네들과 아주머니 태평하시고 집안에도 연고 없이 지내오? 어린아이들도 잘 자라고 제씨(弟氏)네도 안녕하오? 종씨네도 잘 다니오? 구실이나 많지 아니하오? 이번 신연 모시느라 서울은 평안히 다녀와서 노독이나 아니 났소? 그때 우리 집에서 가져간 강아지 요사이는 매우 컸지요? 그사이 어찌하여 한 번도 못 오셨던가? 할 일이 많아 못 왔던가? 지날 길이 없어 놀면서도 못 왔던가? 사람들도 무정할사 어찌 그다지 발을 끊소? 내 몸 하나 병이 들어 적막강산 누웠으니 와병하면 인사절(人事絶)이라, 한 번이나 와보았다면 무슨 하늘에 벼락 칠까? 세상에 야속들도 하오. 이 패두 아주버니 내 말 들어보오. 한번 그때 아저씨 문 지킬 때, 나더러 담배 말하기에 대답도 아니하고 들어갔더니 필경 나를 야속히 알아 계시지요? 그 바로 전에 나하고 마주 서서 말한 사람의 뒤를 염문했다가 비밀히 잡아들여 흉한 악형하는 것을 눈으로 보았기로, 아저씨도 그렇게 해로울까 하여 반가운 손님을 보아도 인사도 변변히 못하는 터이기에 듣기만 하고 들어갔더니, 그때 그런 잔속은 몰랐지요? 마음먹고 들어가서 도련님 보고 나오는 길에 비장처에 들어가 서초 얻어 휴지에 싸서 허리춤에 넣고 아저씨를 주자 하고 삼문간에 나와보니 아저씨는 어디 가고 다른 패두가 문을 지키기에 바로 아저씨 집으로 가서 보고 이런 말씀이나 하고 드리자 했더니, 도련님이 어느 사이에 뒤를 따라 나오기로 바로 우리 집으로 와서 이리저리 틈이 없어 우리 어머니더러 부탁하되, 아저씨 집에 가서 보고 그 사연 전하여달라 했더니 어머니도 건망증이 있어 진작 가지 못했고, 도련님 올라가신 후 어느 날 조용하게 한번 가니 아주머니 혼자 계시며 아저씨는 서울 갔다 하기에 섭섭히 돌아와서, 그렁저렁 이때까지 한 번도 못 만나서 이런 정담 못했네."

춘향이 섬섬옥수 늘여서 이 패두의 손을 잡고 방 안으로 들어가며 말한다.

"하 오랜만에 만났으니 술이나 먹고 노사이다. 관령(官令) 모시는 일로 왔나, 심심하여 날 찾으러 왔나. 무슨 바람이 불어 왔소? 내가 꿈을 꾸나, 그리던 정을 오늘에야 펴겠네. 반가울사 귀한 객이 오늘 왔네. 사람 그리워 못 살겠네!"

이렇듯이 애교로 사람의 간장을 농락하니 저 패두 놈 거동 보소. 이전 일 생각하니 오늘 일이 의외로다. 이전에는 춘향을 치켜세워 보기를 도솔궁 선녀려니 하였으되, 오늘날 춘향이 저를 치켜세워주는 것이 거짓인 줄 정녕 알건마는, 춘향이 분길 같은 고운 손으로 북두갈고리 같은 저의 손을 잡은지라. 고개를 빼고 내다보니 뼈가 시근시근, 돌같이 굳은 마음이 춘풍강상(春風江上)의 살얼음같이 녹고 육천 골절이 다 녹는다. 두 놈이 저희끼리 쳐다본다.

"얘 여숙아, 사람 마음이 물 같다 이른지라. 이 아이 형상을 잠깐 보니 내 마음은 간데없다."

　여숙이 대답한다.

"그런 줄 몰랐더니 너는 매우 모질다!"

　이 패두가 이른다.

"네 말은 어찌 한 말이냐?"

　최 패두가 말한다.

"나는 그 형상 보기 전에 이 애 일만 생각해도 마음이 아슬
아슬하고 부서지는 듯하더니, 아까 집으로 들어오니 잔뼈는
다 녹고 굵은 뼈는 다 초친 해파리 아들이 되고 공연히 온몸이
절절 저려오니 도무지 이러니저러니 말하기 싫더라마는, 아
까 네가 나더러 한 아서라 말라 하는 말은 동관의 정을 꺾는
듯하여 말을 아니하고 들을 만했다마는, 도무지 그 대단치 않
은 일에 이때까지 미안하게 여기는 것이 우리가 도리어 겪지
못한 모양 같고, 또 그사이 우리가 한 번도 저를 찾아 문병치
못한 것이 첫째는 우리의 잘못인지라. 저의 다정한 뜻과 같이
못한 것이 후회스럽다."

　이 패두가 대답한다.

"여봐라, 이상한 말 같다마는 우리네가 악하려면 악하고 선
하려면 선하거든 그만 일로 비록 죽을지언정 저 아이를 언짢
게 생각한단 말이 되는 말이냐? 한번 말하고 혐의를 씻어버리
자는 말이지. 어찌 저 아이를 혐의하리오."

　이렇듯이 수작하며 방 안으로 들어가니 춘향이 삼등초 한
대 떼어내어 백통대에 담아 불 붙여 이 패두 주고, 또 한 대 불

붙여서 최 패두 주며, 한 냥 돈 집어내어 아이놈 주며 말한다.

"이 건너 김풍헌 집에 바삐 가서 황소주에 꿀 탄 것과 양지머리, 차돌박이를 어서 바삐 사오너라!"

춘향이 주안상을 차려놓고 술을 부어 권할 때에, 한 잔 두 잔 서너 잔에 사오 배를 기울이니 아주 마음이 되는대로 풀리어 여숙이 말한다.

"얘 무숙아, 저 아이와 사귄 정분이 우리보다 더한 이가 있느냐? 어찌 저를 잡아가잔 말이냐? 이만 일을 에둘러 막아서 수습하지 못한단 말이냐? 벌써 죽어 영장하고 제 노모만 있어 설워 울더라 하면 아무 일이 없을 것이야."

여숙이 대답한다.

"저 아이를 보니 잔인도 하고, 애를 써서 저 모양이 된 것을 성화하여 굳이 잡아가고자 할 것 없으나, 만일 염탐하는 사람이 나서서 난리가 나는 판에 급히 잡아들이라 하면 네 어미를 대신 바치려느냐?"

춘향이 묻는다.

"대저 이것이 어찌 된 곡절인지나 알고 가세."

이 패두가 대답한다.

"통인 윤득이가 방정맞고 입빠른 줄 너도 자세히 알거니와 네 말을 톡톡 털어 사또 귓구멍에 달구질을 하고, 또 서울서부터 네 소문을 역력히 자세히 다 알고 내려와서 기생 점고할 때 형방집리가 수쇄(收刷)하려다가 못하여 기어이 불러들이라고 고집을 하니 우리 탓은 아니로다. 우리는 조금도 염려 마라."

춘향이 이 말 들으매 수청 면키 어렵게 생겼다.

"애고 이를 어찌할까?"

"필경 이런 일이 있을 것이라 하고 원정(原情) 지어두었지."

그러고는 품고 있던 돈 닷 냥 내어다가 패두 주며 말한다.

"이것이 약소하나 동관님 일시 주배(酒杯)나 지내시오."

여숙이 왼손으로 받아 차며 말한다.

"아니 받는 것은 네 정을 막는 것이기에 받기는 받으나, 또한 실로 받아가야 나는 일 푼 간섭 없다마는, 네게 무얼 받는 것이 얼굴이 부끄럽다. 어떠하든지 우리네가 잘 꾸며볼 것이니 아무튼 가만있어보아라."

두 놈이 대취하여 서로 마주 이끌고 관정에 들어갈 때, 무척 정신을 차렸으나 아주 취하여 겨우 들어가 고관(告官)할 때, 말을 되채지 못하고 고한다.

"춘향이 잡으러 갔던 패두 사연을 아뢰오."

사또가 분부한다.

"춘향이 불러 대령하였느냐?"

두 놈이 꼬박꼬박 아뢴다.

"춘향이 죽었소, 어찌하여 죽었소!"

"이놈, 어찌하여 죽었다고 하더냐?"

"그리 하래요."

"누가 그리 하라더냐?"

"글쎄올시다. 춘향이가 술잔인지 먹이옵고, 또 돈 닷 냥인지 주면서 그리 하래요."

이 패두가 옆구리를 지른다.

"쉬, 이놈아 그 말은 왜 아뢰느냐?"

패두가 또 아뢴다.

"여보십시오, 이놈 보십시오, 그 말을 아뢰지 말라 하고 옆구리를 콱콱 지르옵니다."

사또가 묻는다.

"이놈, 너는 무슨 말을 말라고 그놈을 지르느냐?"

이 패두가 아뢴다.

"아니올시다. 급히 다녀 들어오느라고 등에 땀이 나서 가렵기에 긁다 보니 그 팔로 놈을 건드렸습니다."

사또가 골을 내어 호령한다.

"이놈들을 모두 내치고 그중 영리한 사령 놈을 부르라."

그러고는 뇌정같이 분부한다.

"네 이제 바삐 잡아 대령하라!"

군노 사령이 긴 대답 한마디로 청령하고 성화같이 바삐 나와 춘향이 집에 이르러서, 효흠이 급해져서 말한다

"사람 죽겠다, 바삐 가자!"

춘향이 대답한다.

"애고 이것이 웬 말인고? 자세히 알려주오."

"가면서 할 양으로 어서 빨리 나서거라!"

"나는 새도 움직여야 나느니, 술이나 먹고 가옵시다."

"관술이나 오술이나 가다가 먹을 양으로 급히 나오너라!"

춘향이 하릴없어 돈 닷 냥 내어다가 사령 주며 말한다.

"이것이 사소하나 일시 주차(酒次)나 보태시오."

군노 사령이 돈 받아 차며 말한다.

"네 정을 막는 것은 의가 아니기에 받아는 가거니와 마음에 겸연하다."

군노 사령이 춘향을 앞세우고 객사 앞으로 돌아올 때, 저 춘향의 거동 보소.

헝클어진 머리에 때 묻은 치마 허리 위에 눌러 매고, 짚짝을 감발하고, 바람 맞은 병인처럼 죽으러 가는 사람처럼 걸으니 원포석양양양비(遠浦夕陽兩兩飛)[144]에 짝 잃은 원앙이요, 일난춘풍화초간(日暖春風花草間)[145]에 꽃 잃은 나비 같다. 십오야 밝은 달이 흑운 간에 싸인 듯, 금분의 고운 꽃이 모진 광풍에 쓸린 듯 수심이 첩첩하고 슬퍼 흘린 눈물이 얼굴에 가득하여 정신없이 돌아올 때, 관문 앞을 바라보니 구름 같은 군노 사령들 거동 보소. 안개같이 모였다가 바삐 오라 재촉 소리 성화같이 지르거늘, 뒤에 오던 군노 사령이 손을 들어 말한다.

"요란스레 굴지 마라!"

군노 사령이 들어가 아뢴다.

"춘향을 대령하였소."

사또가 반긴다.

"바삐 불러들이라!"

군노 사령이 청령한다.

"춘향이 현신 아뢰오."

사또 다가앉아 얼굴 형상 자세히 보니, 형산백옥(荊山白玉)

이 진토에 묻힌 듯, 추파부용(秋波芙蓉)이 취우에 쓸린 듯,[146] 옥안성모(玉顔聲貌)에 근심하는 빛을 띠었고, 원산아미(遠山蛾眉)[147]에 시름하는 태도를 머금었으니, 원(怨)하는 듯 느끼는 듯 애연한 형용이 사람의 일촌간장을 다 녹이는지라. 신관이 이를 보니 마음이 더욱 급해지나, 그래도 먹은 값이 있어 남의 말을 들으려고 책방 이 낭청에게 묻는다.

"이 사람 이 낭청, 춘향의 소문은 그리 고명하더니 지금 보니 유명무실이로세!"

이 이 낭청이라는 자는 서울서부터 관계가 긴밀한지라. 대소사를 이 낭청과 의논하면 신관이 콩을 팥이라 하여도 그대로 듣는 터요, 또 대답이 이현령비현령(耳懸鈴鼻懸鈴)하여 평생 사면춘풍 두루마리라.[148]

이때에도 한가지여서 이리 대답한다.

"글쎄, 그러하오나 전혀 유명무실이라 할 길도 없고, 또 이제 유명무실이 아니라 할 길도 없소이다."

"이 사람아, 인물이 추할 뿐 아니라, 이모저모 뜯어보아도 한 곳 그다지 취할 데가 없네."

"글쎄, 그러하외다."

이렇듯이 수작할 때 통인 윤득이가 아뢴다.

"의복이 남루하고 단장을 폐하여 그러하지 의복과 단장을 선명히 하면 짝이 없는 일색이오니 용서치 마옵소서."

신관이 이 말 듣고 또다시 역력하게 보는 체하다가 말한다.

"과연 듣던 말과 같다. 이 사람 이 낭청, 저런 창기 노릇 하는 것들은 때 묻고 바라지고 간악하고 요괴롭고 예사롭지 아니하건마는 이것이야 짐짓 여염살이 할 지어미가 될 듯하네."

"글쎄, 그러하오나 여염살이 할 지어미가 되리라 할 길도 없고, 또 정녕 여염살이 못할 지어미라 할 길도 없소."

"이 사람아, 제 의복이 허술하고, 형산백옥을 다듬지 아니하고 중추명월이 흑운을 벗지 못한 듯하나, 아무리 일색이라도 눈 각각 코 각각 뜯어보면 한 곳 흠은 있건마는, 이것을 아무리 보아도 편편금(片片金)이요 천향국색(天香國色)이로세. 아까 삼문간 들어올 때 잠깐 찡긋할 마디에 나도 빨리는 보았지. 잇속이 선수박 씨를 주홍 당사로 조롱조롱 엮어 주홍 쟁반에 세운 듯하고 두 눈썹은 수나비가 마주 앉아 너울너울 노니는 듯하더군. 제가 나를 속이려고 의복 형상을 남루하게 하고 얼굴 단장을 허술하게 했나 보외. 그것이 더욱 좋거든."

"글쎄, 그러하오나 보기에는 어수룩하다 할 길도 없고, 또 전혀 어수룩하지 아니하다 할 길도 없소."

"이 사람아, 자네 말대답은 평생 늘어지게, 둥글게, 물에 물 타는 듯, 술에 술 타는 듯 뒤숭숭하니 어쩌란 말인가? 허, 답답한 사람이로군!"

그러며 춘향을 불러 묻는다.

"네가 춘향이라 하느냐? 봄 춘(春) 자, 향기 향(香) 자, 이름이 우선 묘하구나. 네 나이 몇 살이냐?"

춘향이 동문서답 딴전으로 대답한다.

"내일 며칠께야 원두한(園頭漢)의 집으로 대령하올지요?"

"어허 이 낭청, 요 산드러진 맛 보게. 그 말 더욱 좋으이."

신관이 다시 분부한다.

"네 본디 창가 천인(賤人)이요, 본 읍 기생으로서 내 도임 시에 방자히 현신도 아니하고 언연히 집에 있어 불러야 온단 말이냐? 내가 이곳에 목민관(牧民官)으로 내려왔더니, 너를 보니 꽤 견딜 만하기로 오늘부터 수청을 작정하는 것이니 바삐 나가 세수하고 수청토록 대령하라!"

춘향이 여쭙는다.

"일신에 병이 들어 말씀으로 못 하옵고 원정으로 아뢰오니, 사연을 보시면 곡절 통촉하시리니, 의원시행(依願施行) 하시면 화봉인(華封人)의 본을 받아 백세 축수하오리다."

"어허 이상하다. 어느 사이에 무슨 원정이냐? 내가 정하는 것은 조마거동(調馬擧動)의 격쟁(擊錚)이라. 어떠하든 처결이 야 아니하랴."

형방이 고과할 때 강성을 높여 말한다.

"본 읍 기생 춘향의 백활(白活)이라. 우근진정유사단(右謹陳情由事段)은[149] 소녀 본시 창가지업(娼家之業)이요 요마천녀 (么麽賤女)나[150] 강매산죽지심(江梅山竹之心) 빙옥결하지의(氷玉潔瑕之義)로[151] 춘불개(春不改) 추불락(秋不落)이옵더니 연전에 이등(李等) 좌정(坐定) 시에 사또 자제가 광한루를 일견 하여 백년동주지의(百年同住之義)로 이수금석지문(已受金石之文)하고[152] 실성허신(實定許身)하여 우금삼재(于今三載)에 엄연한 부부지의가 여산약해(如山若海)요,[153] 금번 체등(遞等)

시에 불득솔거(不得率去)는 세고자연(世故自然)이라.[154] 일편
단심(一片丹心)이 오매불망(寤寐不忘)이요, 남북상리(南北相
離)에 심담(心膽)이 구렬(俱裂)이라. 일구월심(日久月深)에 단
장소홀(丹粧疎忽)하니 여차빙심(如此氷心)을 수사난별(雖死難
別)이라. 백골이 성진(成塵)하고 혼백이 미산전(迷散前)함은
만무실절(萬無失節)이요, 평생미망(平生未忘)이오니, 수위소
녀지약언(雖爲少女之約言)이나 진정소회(眞情所懷)요, 산활수
회(山闊水回)라도 불능자탈(不能自奪)이오며,[155] 금일 사또주
미지천견(未知淺見)인 고로 망령되이 존령을 위월이라. 금일
의 분부는 성시상사(誠是常事)오나 하정이 여차한 고로 부득
봉승(不得奉承)이온바, 동시사부지체모(同是士夫之體貌)요, 변
동 장부지심렬(丈夫之心烈)이라. 심사동반지의리(深思同班之義
理)하고 통촉사정지간측(洞燭事情之懇側)이오면[156] 갱무여차
하문지리(更無如此下問之理)오며 우황면천(又況免賤)에 이속대
비(已贖代婢)이온 줄로 자감앙소어일월명정지하(玆敢仰訴於日
月明政之下)하오니,[157] 복걸참상이시후(伏乞參商敎是後)에 특
위방송(特爲放送)을 천만망량(千萬望良)하실 지위행하향교시
사(只爲行下向敎是事) 사또주 처분이라.[158] 모월 모일 소지."

　형방이 술에 취한 중이라, 고과(告課) 후 소지를 놓고 필흥
(筆興) 내어 제사한다.

　"건곤이 불로월장재(不老月長在)하니 적막강산금백년(寂寞
江山今百年)이라."[159]

　형방이 쓰기를 마치고 쓴 것을 소리 높여 읊는다.

신관이 이 모양을 보고 모가지를 길게 빼어 황새처럼 비틀
면서, 기가 막혀 소리 질러 말한다.

　"이 낭청, 저놈의 행사 보소. 저놈을 생으로 발길까. 주리를
틀까. 세상 천지간에 저런 놈도 있는가!"

　신관이 상투 끝까지 골을 내어 대가리를 흔들면서 벽력같
이 소리를 지르니 이 낭청이 대답한다.

　"세상 천지간에 저런 놈이 어디 있을까마는 바른대로 말씀
이지 세상에 저런 놈이 전혀 없다 할 길인들 있사오리까?"

　뇌정같이 성낸 사또 벽력같이 호령한다.

　"이놈일랑 바삐 잡아 중계(中階) 아래 내려오라!"

　벌 떼 같은 사령들이 성화같이 형방에게 달려들어 갓 벗겨
후려치고, 동댕이쳐 끌어내려 중계 아래 꿇리니, 사또가 방울
같은 눈망울을 수박 굴리듯 하며 화가 나서 호령한다.

　"그놈을 한 매에 쳐 죽이라!"

　형방이 취중이나 놀라서 넋을 잃고 아뢴다.

　"소인의 적가 무슨 죄인지 죄명이나 알고 죽게 하오."

　사또가 분부한다

　"명정기죄(明正其罪)하여 사무원심(死無怨心)하라.[160] 이 소
지단(所志段)은 여타자별(餘他自別)하여 별로 제사할 때 관장
이 개구전(開口前)에 자단처결(自斷處決)하니 요마소리(幺麼小
吏)에 만사무석지죄(萬死無惜之罪)라.[161]"

　좌우 나졸이 엄포한다.

　"분부 듣자와라!"

형방이 능청이라, 이치에 맞게 바로 아뢴다.

"춘향의 원정(原情) 사연 듣자오니 지사위한(至死爲限)하와 불변취죽지절(不變翠竹之節)이옵기에 상의(上意)를 봉승하와 양성화매(兩成和買)요,[162] 선악상반(善惡相半)한 제사오니 열녀의 뜻을 아뢰리다. 건(乾) 자는 하늘 건 자니 사또는 건이 되옵고, 곤(坤) 자는 땅 곤 자니 춘향이는 곤이 되어, 늙지 말고 이곳에 달과 같이 길이 있어, 적막강산 집을 짓고 이제부터 백 년까지 해로하자는 뜻이오니 사또께서 판결의 글을 내리셔도 이보다 더 낫지 못하옵니다."

사또가 이 말을 듣고 사리를 속속들이 헤아리니, 과약기언(果若其言)이요, 여합부절(如合符節)이라.[163] 근본은 빡빡하여 마음에 곧 들 양이면 아끼는 것이 없는 사람인지라 사또가 다시 분부한다.

"저 아전을 이제 용서하라! 관청 하인을 불러 목포(木布) 한 필, 백미 한 섬, 전문(錢文) 두 냥, 남초 세 근, 장지(壯紙) 세 권을 내리도록 하여라. 참으로 기특하다. 과연 아전이라 할 만하다."

사또는 마음이 상쾌하여 풀 먹인 갓끈 매고, 뒷짐 지고 대청을 거닌다.

"춘향아, 너 그 제사 사연 들었느냐? 긴요치 않은 원정이다. 한 번이야 이상하랴. 다시는 잔말 말고 바삐 올라 수청 들어라! 의논하면 관청이 네 집 찬장이 될 것이요, 운량고(運糧庫)는 네 고요, 목전고(木錢庫)도 네 고 되고, 일읍주관(一邑主官)

이 네 손바닥 안이라. 이런 깨판 또 있느냐?"

춘향이 여쭙는다.

"원정에 아뢴 말씀에 대해 분간이 없으시고 다시 이리 분부하시니, 저는 대비정속하온 후는 관기가 아니옵고, 도련님 가신 후로 두문불출 수절하면서 만 분의 일이라도 열녀의 본을 받고자 마음에 새겼사오니 분부 거행 못하겠소!"

신관이 이 낭청 불러 말한다.

"계집의 한두 번 태도는 응당 있는 일이지. 그렇지 않으면 맛이 없지."

"글쎄, 그러하외다."

사또가 춘향을 달랜다.

"네가 그때는 아이들끼리 만나 살고, 딸기 맛보듯 하여 새콤한 맛에 그리하나 보다마는, 하루 비둘기가 재를 넘느냐? 그러하기로 저런 설움을 보는구나. 네 어른의 우거짓국에 소뼈를 넣은 듯한 웅심한 맛을 보아 무궁한 재미를 알 양이면 깜빡 반하리라. 이 사람 이 낭청, 내가 평양 서유 갔을 때 금절이년 수청에 삼천 냥 행하하고 그 외에 전후 기생에게 준 것이 이루 헤아릴 수 없이 많다는 걸 아는가? 나는 어찌한 성품인지 기생들에게 그리 주고 싶더구나."

이 낭청이 대답한다

"글쎄 그러하외다. 사또께서 대동(大同) 찰방 갔을 때, 관비 한 년 데리고 자고 그년의 비녀까지 빼앗고 돈 한 푼 아니 주었지요? 또 운산 현감 갔을 때 수급비(水汲婢)[164] 한 년씩 데리고 석 달이나 수청 들이게 하고는 쇠전 한 푼 아니 주고, 도리어 저의 은가락지를 윤기 있게 해주마 하고 서울 보내었지요? 언제 평양 서윤, 영변 부사 가서 기생 행하를 그리 후히 하였소?"

신관이 기가 막혀 능쳐 응답한다.

"이 사람아, 기롱 마소. 저런 아이들 믿고 듣네. 여봐라, 저 말 믿지 마라! 그럴 리가 있느냐? 나만 사귀어봐라. 알아듣느냐? 생각해봐라! 노류장화(路柳墻花)는 인개가절(人皆可折)이라. 천만 의외로 너만한 년이 정절 수절 성절 덕절하니 그런 잔 절을 큼직한 해주 신광절[神光寺]이라 하여라. 네가 수절을 할 것 같으면 우리 대부인은 딱 기절을 하시랴? 요망한 말 다시 말고 바삐 올라 수청 들라!"

춘향이 여쭙는다.

"자고로 열녀는 어느 때인들 없겠습니까? 양가죽으로 옷을 입고 물고기를 낚던 엄자릉도 간의태후 마다하고 자릉대로 피해서 살았고, 수절 의사 백이숙제도 주나라 곡식을 먹지 않으려고 수양산에서 채미가를 노래했고, 천하 진인 진도랑도 화산 석실에서 수도했고, 유한림의 사부인도 수월암에 자취를 숨겼고, 낙양 여인 계섬월도 천진루에서 글을 읊어 난세에 뜻을 세워 만리장정(萬里長征)을 따랐으니, 몸은 비록 천하오나 절개를 막는 법이 없사오니, 물 밑에 비친 달은 잡아내어보려니와 소녀의 정한 뜻은 이생에서 빼앗지 못할 것입니다. 저를 불쌍히 여기시고 방송하여 주옵소서!"

"이 사람 이 낭청, 요사이 행창(行娼)하는 계집을 오르라 하기 무섭지. 어여쁘지 아니한 것들이 어여쁜 체하고 분 바르고 연지 찍고 궁둥이를 뒤흔들면서 장마 때 개구리가 호박잎에 뛰어오르듯, 신발 신은 채 마련 없이 덤벅덤벅 오르건마는, 이것은 제법 반반한 계집의 경계로세."

이 낭청이 대답한다.

"내 보기에는 썩 줄여 잡아도 경계 반반한 계집이라 할 길도 없을 듯하고, 또 이제 바른 말씀이지 하 그리 경계 없다 말할 길도 없소."

"이 사람아, 자네 말대답이 한곳으로 하는 일이 없고, 적절하고 뭉그러지게 하니, 그 어인 말대답인고? 이상한 인사(人事)로다!"

이 낭청이 되받아 대답한다.

"또, 이제 크게 이상한 인사 아니라 할 길도 없고, 또 이상한 인사라 할 길도 없소."

사또가 눈살을 찌푸리고 말한다.

"자네는 왜 이리 씨양이질을 하는가? 허허, 이상한 손이로고!"

화난 김에 호령한다.

"요년, 월매라 하는 년의 딸년아! 오르라 하면 썩 오를 것이지 무슨 잔말을 그다지 잔망스럽게 하느냐? 얼마 맞으련 허락할까. 어서 올라라!"

춘향이 생각한다.

'저 거동을 보아하니 방송(放送)할 리 만무하다. 제아무리 저리해도 빙옥 같은 내 마음과 금석 같은 굳은 뜻이 백골이 진토 된들 훼절할 리 만무하다. 일이 벌써 이 지경에 이르렀으니 어찌하리? 죽는 것밖에 할 일 없다.'

춘향이 악을 써서 응답한다.

"일광로(日光爐) 같은 우리 도련님을 하루아침에 이별하고 일신에 맺힌 한은 일구월심 깊어지니 일척단검에 목숨을 바쳐 일백 번 죽사와도 일심에 정한 마음 일절 변치 않으리라.

이수중분백로주(二水中分白鷺洲)라,[165] 이별 낭군 떠난 후에 이군불사(二君不事) 본을 받아 이부불경(二夫不敬)하려 하고, 이 마음을 굳게 먹어 이 세상을 하직하여 이비(二妃)의 절개를 따르고 이월한식(二月寒食)에 개자추의 넋을 위로하오리라.

삼광(三光)은 천상이라. 삼생에 굳은 인연 삼춘같이 길었으니 삼혼칠백(三魂七魄) 흩어져도 삼청동 이 승지 댁의 삼한갑족(三韓甲族) 우리 도련님을 삼천 리 약수(弱水)라도 건너가서 삼신산(三神山) 삼강수(三綱水)로 오며 가며 만나오리라.

사또라도 사대가서(四大家書) 다 보시고 사시장춘(四時長春) 외워 읽었으나 사백 년 동방예의를 사기(史記) 중에 막았거늘, 사대천왕(四大天王) 위엄이 사또 손에 미쳐도 사면팔방 널리 보고, 사시장천(四時長天) 굳은 마음이 사지(四肢)를 찢어도 사역불변(思亦不變)[166]하오리라.

사또께서 오륜행실(五倫行實) 지킨 날을 오히려 모르시어 오월에 내리는 서리 같은 한을 품은 오자서(伍子胥)의 동문결목(東門抉目)같이[167] 오매(寤寐)에 사무치게 하시니 오형(五刑)을 갖추어서 저를 오차로 발기거나 오리 오리 오리시오. 저를 오군문에 높이 달아 오국강산(吳國江山) 오희(吳姬)같이 오강(吳江)에 띄우셔도 저는 오히려 정한 뜻을 잃지 아니하오리라.

육출기산(六出祁山)하던 제갈무후[168]도 육일산을 못 죽였고, 육출기계(六出奇計) 진평[169]도 육가의 말을 들었으며, 육상산과 진도랑도 육정육갑(六丁六甲)을 못 부렸고,[170] 육수부(陸秀夫)의 부왕투수(負王投水)도 육진도성(肉盡道成)하였고,[171] 유월염천(六月炎天) 더운 때에 육시(戮屍)를 할지라도 육도삼생(六度三生)에 육지 같은 나의 맹세가 육신에 맺혔으니 육리청산(六里靑山)에 헛 분부 마시오.

칠칠가기(七七佳期)[172]에 오작교에서 칠십이자[173] 같은 우리 낭군을 칠탄같이 만난 후에 칠거지악(七去之惡) 죄도 없고 칠인산의 이별도 없이, 칠산 바다 깊은 절을 칠 년 가뭄에 비 바라듯, 칠성단(七星壇)에 바람 빌듯,[174] 칠월칠일(七月七日) 무인야에 칠현금 거문고로 칠성님께 칠칠수로 빌었더니 칠신위나(漆身爲癩) 예양인가,[175] 칠종칠금(七縱七擒) 맹획인가,[176] 칠야원한(七夜怨恨) 무슨 일인고. 칠백 리 동정호의 초혼조(招魂鳥)나 되오리라.

팔원팔개(八元八愷)는 어느 때며 팔대금강(八代金剛)은 어디 갔는고.[177] 팔진도(八陣圖) 진[178]을 치고 팔공산의 팔환초목으로 팔과화조에서 팔 년 팔 일 살으시오. 팔천제자(八千弟子)[179] 강동호걸로 팔 년 풍진 요란하다. 팔선(八仙) 같은 나의 팔자 팔황(八荒)으로 돌아간들 이리 박명할까. 팔원차(八元車)를 흘려 태워서 팔진국으로 보내시오. 팔대 같은 위력으로 팔팔결이니[180] 틀린 말을 두 번 하지 마오.

구룡소(九龍沼) 늙은 용이 굽이를 못 펼치니 구름 같은 나의 신세 구수(拘囚)같이 살았구나. 구천에 사무친 원이 구원에 맺히리라. 구관 사또 선정비의 본을 받아 구구한 나의 굳은 뜻을 구하소서. 구차한 이내 신세 구십소광(九十韶光)[181] 경치를 따라 구관 자제 언제 만나 구류촌에 촌승(寸繩)같이 얽혀볼까. 구곡수를 굽이굽이 휘어잡다가 구름비를 타고 갈까. 구주를 돌아 구명도생(救命圖生)하려 하고, 구천현녀(九天玄女)[182] 명을 받아 천축에 왕래하던 구계선의 열절(烈節)같이 세세성문(歲歲聲聞)하여 구중궁궐에 살아볼까?

십악대죄(十惡大罪)[183]를 범하였다. 십 리 강산에 십면매복(十面埋伏)을 만났구나. 시월의 광풍낙엽 같고 십 리 장정의 유사(柳絲) 같은 이 인생의 십 년 성취가 월왕같이 십생구사(十生九死)할지라도 십지섬수(十指纖手)로 꼽아가며 십왕전에 백활(白活)이나 하리라. 십삼성(十三省)에 주류(周流)하고[184] 십팔관(十八關)에 회시(回示)하나 십칠 년을 기를 뜻이 십방으로 돌아간들 변할 길이 전혀 없네. 영천 한수 휘어잡다가 나의 귀를 씻고 지고.[185]

사또께서는 국녹지신(國祿之臣) 되어 나서 출장입상(出將入

相)하시다가 불행하게도 난세를 당하게 되면 귀한 일명(一命) 살려 하고 도적에게 투항하여 두 임금을 섬기려 하오? 충불사이군(忠不事二君)이요 열불경이부(烈不更二夫)거늘[186] 소녀의 불경이부(不更二夫)를 죄라 하고 소녀를 위력으로 겁탈하니, 사또의 충절 유무를 이로부터 알리로다. 반역을 마음에 품은 사또 앞에서 무슨 말씀 하오리까? 소녀를 범상죄(犯上罪)[187]로 이제 바삐 죽이시오! 그러하나 원대로나 죽여주오. 용천검 드는 칼로 사또 친히 베시되 범아부(范亞父)가 옥두(玉斗) 치듯[188] 뎅강 베시오. 몸일랑은 내어주고 목일랑은 들어다가 옹진 소금에 짜게 절여 목합 속에 넣은 후에 다홍 보로 싸서 두었다가 한양까지 올려다가 사또 조상의 제 지낼 때 제물로나 쓰옵소서!"

저 사또 거동 보소. 맹호같이 성을 내며 벽력같이 소리하여 좌우 나졸 엄포한다.

"저년을 바삐 내려라!"

벌 떼 같은 사령 나졸이 와락 뛰어 달려들어 춘향의 머리채를 시장에서 비단 감듯, 당도리 사공 닷줄 감듯, 풀쳐 풀쳐 감쳐, 길이나 넘는 중계 아래 동댕이치며 끌어내려 춘향을 형틀 위에 올려 매고 형방이 다짐을 쓴다.

"살등녀의신[白等女矣身]이[189] 본시 창녀지배(娼女之輩)거늘 불고사체(不顧事體)와 수절명절(守節名節)이 하이위지곡절(何以爲之曲節)이며,[190] 우중신정지초(尤中新政之初)에[191] 관령을 거역할 뿐만 아니라 관정(官庭)발악에 능욕관장(凌辱官長)하니 사극해연(事極駭然)이 막차위심(莫此爲甚)이요 죄당만사(罪當萬死)라.[192] 엄형중치(嚴刑重治)하옵시라는 다짐이니 백(白) 자 아래 수촌(手寸) 두라!"

좌우 나졸이 엄포할 때 춘향의 언 간장이 봄 눈 녹듯이 다 녹는다.

"올려 매었소."

"갖은 매 대령하라!"

집장 사령의 거동 보소.

키 같은 곤장, 한 길 넘는 주장이라. 형장, 태장 한 아름을 안아다가 좌우에 좌르륵 쏟아놓는다.

"갖은 매 대령하였소."

사또가 분부한다.

"만일 저년에게 사정 두는 폐단이 있으면 곤장 모로 너희의 앞정강이를 팰 것이니 각별히 매우 치라!"

청령 집사가 앞에 서서 말한다.

"매우 치라!"

집장뇌자(執杖牢子) 거동 보소.

형틀 앞에 썩 나서며 춘향을 내려다보니 마음이 녹는 듯 뼈가 저리고 두 팔에 기운이 없어져 저 혼자 말한다.

"이 거행은 못하겠다! 매 맞아 죽고 쫓겨날지라도 차마 못할 거행이라!"

이리 주저하는 차에 바삐 치라 호령하는 소리가 북풍 차가운 눈의 된서리라. 한 뇌자 놈이 달려들어 두 팔을 뽐내면서 형장을 골라 손에 쥐고 형틀 앞에 썩 나선다.

"사또 분부 이렇듯이 엄한데 저를 어찌 아끼리까. 한 매에 죽이렷다!"

두 눈을 부릅뜨고 형장을 높이 들어 번개같이 후려치니, 하우씨가 제강할 때 높이 날던 황룡이 구비를 펼쳐다가 벽해를 때리는 듯, 여름날 급한 비에 벽력 치는 소리다. 백옥 같은 고운 다리 쇄골하여 갈라지니, 붉은 피가 솟아나서 좌우에 빗발 치듯 뿌린다. 춘향이 일신을 모진 광풍 속의 사시나무처럼 발발 떨며 독을 내며 대답한다.

"죽여주시오, 죽여주시오, 어서 바삐 죽여주시오! 얼른 냉큼 죽이시면 죽은 혼이라도 날아가서 한양성에 들어가 우리 도련님 찾으리니 그는 사또의 덕택이옵니다. 수절을 죄라 하면 시(施)칼 형문(刑問)을 치옵소서!"

고개를 빠뜨리고 눈을 감으니 옥결빙심(玉潔氷心)과 난초기질(蘭草氣質)과 부용화태(芙蓉花態)가 한순간에 변하여 찬 재가 되고, 삼절이 늘어지고 백골이 드러나며 맥이 끊어지니 살기를 바라겠는가. 좌우의 구경꾼이 가슴이 타는 듯 모두 눈물로 울먹이고 대신 맞고자 할 이 많아 다투어 들어가려 할 때, 사또의 마음인즉 뒤가 물러, 이 형상을 보고 혀를 차며 사또가 속으로 말한다.

"아무리 무지한 시골 놈인들 주리로 죽일 놈이로다! 저리 고운 계집을 그리 몹시 박아 질 심술 불량한 망나니 아들놈이 또 어디 있으리? 속이 부쩍부쩍 죄어 못 보겠다! 인물이 저만

하니 마음인들 굳으랴마는 그다지 아둔하여 깨닫지 못하는가?"

이렇듯 호령하며 매서운 형장을 삼십 차례나 치니 차마 보지 못할 형국이다.

"이 사람 이 낭청, 고년이 그런 줄 몰랐더니 맵기가 곧 고추로세. 종시 풀이 아니 죽네. 그러나 내가 부임 초기에 살인하기는 무엇하지?"

"글쎄 그러하옵니다."

"이 사람, 무엇을 글쎄 그러하다 하는가?"

사또가 옥사장을 불러 분부한다.

"저년을 갖다 가두되 다른 죄수는 하나도 두지 말고 저 하나만 똑 가두어 착실히 엄수하라!"

옥사장이 분부 듣고 매우 착실히 뵈려 하며 대답한다.

"저를 칼 씌우고, 소인이 한가지로 내려가 소인의 집에 기별하여 밥을 해다가 먹고, 앉으나 누우나 착가(捉枷)[193]를 밤낮으로 맞붙들고 상직(上直)만 하오리다."

"이놈, 너는 위칸에서 지키되 바로 보지도 말고 돌아앉아서 각별히 수직하라!"

옥사장이 분부 듣고 커다란 전목(全木)[194] 칼을 춘향의 가는 목에 선봉대장 투구 씌우듯 허험썩 씌운 후에, 칼머리에 인을 치고 거멀못으로 수쇄하고 옥중으로 내려갈 때, 연연약질 춘향이는 맹장을 삼십 대나 맞았으니 제가 어이 다시 일어나리. 겨우 목숨만 부지하여 관문 밖으로 나올 때에 한 걸음에 엎어지고 두 걸음에 쓰러진다. 걸음마다 사슬 소리에 연한 간장 다 녹는다. 춘향이 칼머리를 손에 들고 울며 말한다.

"나의 죄가 무슨 죄인가? 국곡투식(國穀偸食)[195]하였던가? 엄형중치(嚴刑重治) 무슨 일인고? 살인 죄인 아니거든 항쇄(項鎖) 족쇄(足鎖) 웬일인가? 애고 애고 서러워라! 이를 어이 한단 말인가? 죄가 있고 이러한가, 죄가 없고 이러한가? 유유한 창천(蒼天)은 증인 되어 한말씀만 하여주오!"

이렇듯이 울며 관문 밖으로 나오니 춘향 어미 거동 보소. 센 머리를 펄떡이고 두 손뼉을 척척 치며 말한다.

"애고 이것이 웬일인가? 신관 사또 내려와서 치민선정(治民善政) 아니하고 생사람 죽이네. 생금 같은 나의 딸을 무슨 죄로 저리 쳤나? 무남독녀 외딸로서 진자리 마른자리 가려서, 쥐면 꺼질까 불면 날까, 쓴 것은 내가 먹고 단 것은 저를 먹여, 고운 의복에, 좋은 음식에, 주야 없이 보살피며 길러낼 때, 이런 곤경 꿈속에나 생각하며 의사(意思)에나 먹었으랴. 애고 답답 설움이야! 이를 어이 한다 말인가."

그러고는 칼머리를 받아 들고 데굴데굴 구르면서 말한다.

"애고 애고 설운지고, 남을 어이 원망하리. 이것이 다 네 탓이라! 네 아무리 그리한들 닭의 새끼 봉이 되며, 각 관 기생 열녀 되랴? 사또 분부 들었다면 이런 매도 아니 맞고 작히 좋은 깨판이랴. 돈 쓸 때 돈을 쓰고, 쌀 쓸 때 쌀을 쓰고, 꿀병과 기름과 염석어를 늙은 어미에게 잘 먹이지. 기생이 되어서 이 진정소(以陳呈訴) 송구영신을 아니하랴? 나도 젊어서 친구 볼 때, 각 읍 수령을 무수히 겪을 때, 돈만 많이 줄 양이면 일생 잊지 못할레라. 심란하다. 훗날 만일 또 묻거든 잔말 말고 수청 들어 실살귀나 하려무나.[196) 너 죽으면 나도 죽자! 바라나니 너뿐이다!"

벌떡벌떡 자빠지며 하늘하늘 뛰논다.

이때 남원 사십팔 면 왈짜들이 춘향이 매 맞은 말을 풍편에 얻어듣고 구름같이 모이니, 누구누구 모였던가. 한숙이, 태숙이, 무숙이, 태평이, 걸보, 떼중이, 부딪치기 등이, 그저 뭉게뭉게 모여들어 겹겹이 둘러싸고 사면으로 저희 각각 인사하며 위로할 때, 그중 한 사람이 들여다보고 바삐 뛰어 활터로 깡총 올라가서 여러 한량보고 숨을 아주 헐떡이며, 느껴가며, 목이 메어 말한다.

"어유, 맞았거든."

한량들이 묻는다.

"네가 누구에게 맞았단 말이냐? 크게 맞지는 않았느냐?"

"내가 맞았으면 뉘 아들놈이 기탄하랴? 몹시 맞았거든."

"어허, 제 어미와 할 아이 끔찍이 비밀하다. 누가 맞았단 말이냐? 네 어미가 맞았느냐, 네 할미가 맞았느냐?"

"너희 녀석들은 움 속에 있었더냐? 맞은 줄도 모르고 묻기만 하니."

"글쎄, 무엇이 맞았단 말이냐?"

"허허, 여편네가 맞았단다."

"여편네가 맞아?"

한량들이 말한다.

"짐작이 반이라더니 그만하면 알겠다. 신관 사또가 춘향을 불러 수청 들게 한다 하더니, 그 아이가 어찌하여 맞았나 보네."

"영락 아니면 속락이라."

모든 한량이 크게 놀라 서로 부르며 벌 떼같이 내려온다.

"애 운빈아, 불쌍하다!"

"성빈아, 어서 가자! 우리네가 아니 가면 누가 가리."

"갓 매어라."

"옷 입어라."

편전같이 내려와서 한 모를 헤치고 우당퉁탕 달려들어 일변으로 부채질하며, 일변으로 칼머리도 들며 말한다.

"어허, 이 아이들 좀 물러서거라! 사람 기막히겠다!"

한 왈짜가 달려들며 부채질하는 왈짜를 책망한다.

"이 자식아, 네가 군칠이 집에서 더부살이할 때, 산적 굽던 부채질로 사람을 기가 막히게 부치느냐?"

"그러면 너는 부채질을 어찌하느냐?"

그 왈짜 부채 펴 들고 모로 가만히 올라가서 가만히 내려오며 말한다.

"자 보소. 춘향의 머리털 하나나 까딱하느냐?"

한 왈짜 달려들며 응답한다.

"애들아! 춘향의 얼굴을 보니 눈청이 꺼지고 두 볼에 청기가 도니 아마도 막혔나 보다. 이제 돈 가지고 한달음에 보개

다리 넘어서며 남쪽으로 셋째 집 위쪽의 모퉁이 건너편에 있
는 박 주부의 약국에 가서 새로 지은 청심환 한 개만 나는 듯
이 사오너라. 동변강즙(童便薑汁)[197]에 타 먹여보자!"

한 왈짜가 달려들며 말한다.

"어허, 이런 자식들 소견 보아라. 언제 그리 멀리 가서 사오
겠느냐? 청심환 한 개 있으니 먼저 쓰자!"

한 왈짜가 말한다.

"네게 주제넘은 청심환이 어디서 났느냐?"

그 왈짜가 대답한다.

"제 것 없는 자식들이 재촉이야."

그리고 주머니를 끌러 청심환 한 개를 내어놓고 말한다.

"나의 청심환 얻은 이야기를 할 것이니 들어보아라. 간밤에
어르신네가 급작스럽게 곽란(霍亂)에 막혀 위중하기에 깊은
밤중에 약국에 가서 어찌 호통을 하였던지 약계 봉사가 혼이
나서 겁결에 청심환 두 개를 주거늘, 거무칙칙한 마음에 슬며
시 얼른 받아가지고 오며 생각하니 어르신네보다 더 귀한들
값어치 이외에 더 먹이는 것은 의가 아니기에 한 개를 몰래 숨
겨두었던 것이니 요런 때에는 고비에 인삼이요, 계란에 유골
이요, 마디에 옹이요, 기침에 재채기요, 하품에 딸꾹질이요,
엎친 데 뒤치고, 재친 데 덮치는 셈이로다."

"이 자식들, 잡말 말고 어서어서 갈아라!"

"입으로 말하고 손으로 가네."

한창 이리 갈아가지고 말한다.

"자, 춘향아 정신 차려 마셔라!"

이러며 입에 대어주니, 춘향이 발딱발딱 쪼르륵 잘 마셨다.

"누구 입가심할 것 가졌느냐?"

한 왈짜 달려들며 말한다.

"오냐, 민강 사탕과 귤병 예 있다. 이번 북경 짐에 새로 나온 것이 품이 좋더라."

다른 왈짜가 응답한다.

"아서라, 빈속에 단것 먹으면 회 성할라."

한 왈짜가 말한다.

"이것 먹여라!"

"그것이 무엇이냐?"

"전복이다."

"아서라, 이 아이가 송곳니를 방석니가 되도록 갈아서 뿌리가 다 솟았는데 그것을 씹겠느냐?"

한 왈짜가 말한다.

"이것 먹여라!"

"그것은 무엇이냐?"

"홍합이다."

"아서라, 홍합은 제게도 있다."

한 왈짜가 말한다.

"이것 먹여라!"

"그것은 무엇이냐?"

"석류로다."

"아서라, 석류탕은 주지 마라. 신것으로 병이 났다."

한 왈짜가 말한다.

"이것 먹여라!"

"그것은 무엇이냐?"

그 왈짜 소매 속을 들여다보며 말한다.

"이런 제 어미와 할 것 같은 녀석 어디로 갔나?"

이러며 성화같이 발광하여 찾는다.

"그것이 무엇이냐?"

"어제 저녁에 도당굿 보러 갔다가 도래떡 한 조각 얻어 넣은 것을 어찌들 알고 내어 먹었으니, 먹을 때 들어온 귀신이다."

한 왈짜가 온 소매에 물이 뚝뚝 듣고 김이 무럭무럭 나는 것을 축 처지게 들고 들어오며 말한다.

"자, 비켜라!"

"그것은 무엇이냐?"

"제 어미와 할 자식들 쩍하면 와락 달려드는 꼴 보기 싫더라."

한 왈짜가 억지로 붙잡아 들이밀고 보더니, 앙천대소(仰天大笑)하며 말한다.

"이런 발길 망신할 자식 보았느냐? 뉘 집 마구에 가서 말구종 없을 때에 말콩 삶은 것을 도적하여 오는구나."

그 왈짜가 성을 내어 말한다.

"너희 눈을 한데 묶어서 들여다보려무나. 말콩인 놈의 할미

를 하겠다. 십상 메주콩이다. 제 어미와 붙을 자식들이 알지도
못하고 아는 체가 웬일이냐?"

이렇듯이 다투면서 여러 한량 왈짜들이 칼머리를 받아 들
고 구름같이 춘향을 옹위하여 옥중으로 내려갈 때, 칼 멘 왈짜
가 선소리를 한다.

"얼널네화 남문 열고 파루(罷漏) 쳤다 계명성이 돌아오네.
선후 촉이 꺼져가니 발등거리[198] 불 밝혀라. 얼널네화 얼널네
화. 요령은 쟁쟁 서소문이요, 만장(輓章)은 표표(飄飄) 모화관
을, 치마바위 돌아갈 때 담제(禫祭)꾼의 발은 부르트고 행자곡
비(行者哭婢)[199] 목이 멘다. 얼널네화 얼널네화."

한 왈짜가 달려들며 뺨따귀를 딱 붙인다.

"에구! 이것이 웬일이냐?"

"에구라니? 요 방정의 아들놈아! 산 사람 메고 가며 상두꾼
의 소리가 웬일이냐?"

"오냐, 내가 무심히 잘못을 하였다마는 조인광좌(租人廣
坐)[200] 중에 무안쩍게 뺨을 제 어미와 붙게 그다지 치느냐?"

뒤를 따르던 왈짜가 혼이 떠서 말한다.

"이 애, 저 목 보아라! 이것이 땀나고 열 오르는 짓이랴? 주
리를 틀 자식이라니."

그 왈짜가 대답한다.

"너희는 뒤에서 부축하여 오는 체하며 등에 손도 넣어보고
젖가슴도 만져보고 뺨도 어찌 닿아 만져보고 손도 또한 틈틈
이 쥐어보고 온갖 맛있는 간간한 재미와 은근한 농창은 다 치

고, 우리는 두 돈 오 푼 받고 모꾼 서는 놈의 아들놈처럼 가면 좋은 줄만 알고 간단 말이냐?"

이렇듯이 장난하고, 그렁저렁 옥에 내려가 엄수하니, 모든 왈짜가 벌여 앉아 위로하며 소일한다.

한편에서는 이야기책을 읽고, 한편에서는 택견, 씨름, 주정, 싸움을 하는데, 이렇듯 분란할 때 옥사장이 말한다.

"여보시오, 이리 구시다가 사또 염문에 들리면 우리 등이 다 죽겠소!"

한 왈짜가 달려들며 말한다.

"여봐라, 사또 말고 오또가 염문 말고 소금문을 하면 누구를 날로 발기겠느냐? 기생이 수금되면 우리네 출입이 응당한 것이지 네 걱정이 웬일이냐?"

한 왈짜가 말한다.

"아서라, 그 말 말아라. 우리네가 소일하여주려다가 제게 해롭게 하는 것은 의가 아니다."

이리 말하니, 이리저리 흩어진다. 춘향의 거동 보소. 정신을 겨우 차려 눈을 들어 살펴보니, 옥방의 형상이 가없다. 앞의 문에는 살이 없고 뒤의 벽에는 외만 남아, 시절은 납월이라 삭풍이 뼈에 스미니 골절이 저려온다. 북풍한설 찬바람은 살을 쏘듯이 들어오니 머리끝에 서리가 앉고 손발조차 얼음 같다. 거적자리 헌 누비에 그리저리 겨울이 가고 봄이 지나 하유월(夏六月)에 다다르니, 완연한 구수(舊囚)로다. 벼룩, 빈대가 여윈 등의 헌 자리에 파종하고 모기들은 뱃가죽에 침질을 할 때

천음우습 궂은 날에 귀곡성이 처량하고, 검은 천지 어둔 밤에 옥 고초가 그지없다. 이팔청춘 절대가인 가련히도 되었구나. 향기로운 상산 난초가 잡풀 속에 묻혔는 듯, 말 잘하는 앵무새가 농 가운데 갇혔는 듯, 청계수에서 놀던 고기가 그물 속에 걸렸는 듯, 벽오동에 길든 봉황이 형극 중에 들었는 듯, 십오야 밝은 달이 떼구름에 싸였는 듯, 홀로 앉아 주야장천 슬피 운다. 오늘이나 방송할까, 내일이나 대사(大赦)할까? 밤낮으로 기다리나 사또가 나를 놓아줄 뜻이 전혀 없고, 사또가 취중에 주망 나면 때때로 나를 불러 올려 중장한들 송백같이 굳은 절개가 북풍한설을 두려워하랴?

"애고 이를 어이 하리? 죽는 것밖에 할 일 없다. 이 몸이 죽기 전에 아무쪼록 보고 지고. 아프기도 그지없고 춥기도 가없다. 마디마디 썩는 간장 드는 칼로 저며 내어 산호상 백옥함에 점점이 담아다가 임의 눈에 뵈고 지고. 보신 후에 썩어진들 관계하랴? 첩첩이 높은 봉에 자고 가는 저 구름아, 나의 슬픈 눈물을 빗발 삼아 품어다가 임 계신 옥창 밖에 뿌려주렴."

춘향이 어미에게 말한다.

"내가 만일 죽거들랑 육진장포(六鎭長布)로 질끈 동여 명산대천에 묻지 말고, 한양 성내에 올려다가 대로천변에 묻어주면 도련님 왕래 시에 음성이나 들어보겠습니다."

춘향 어미가 말한다.

"경위 없는 소리 하지 마라! 도련님이 꿈에나 너를 생각하랴? 소견 없이 생각 말고 미음이나 먹어봐라. 네 병세를 헤아리니 회춘하기 망연하다. 임 그리는 상사병과 매 맞은 장독증에 음식을 전폐하고 산 귀신이 되겠네. 집안 집물 두루 팔아 의원에게 문병하고 무녀에게 굿을 시켜 살리기로 애를 쓴들 임 그리는 상사병에 무슨 효험 있겠는가?"

"아무것도 나는 싫소. 혈육으로 생긴 몸이 이리 섧고 어이 살리. 죽자 하니 청춘이요 살자 하니 고생이라. 전생 죄악 아니라면 집안 동티 정녕하다. 하늘에 죄를 지으면 빌어도 소용 없다 하였으니 지성으로 기도하면 관재구설 소멸할까?"

택일하여 온갖 경으로 축원한다. 불설천지 팔양경과 삼귀 삼지 삼재경에 금강경, 태세경, 공작경, 반야경, 조왕경, 천수경, 도액경을 다 읽으며 안택경도 읽으리라.

"여시아문 일시불공 지장보살 관세음보살."

온갖 경을 다 읽으며, 무당 들여 굿을 하되 조금도 효험이 없으니 춘향 어미 슬피 운다.

"애고 애고 설운지고! 나의 팔자 기박하여 삼종의탁 다 버렸다. 부모 없이 자라나서 중년에 와 상부하고 말년에 와 너 하나를 두었더니, 저 지경이 되었으니 누구를 바라고 살아가리. 너를 배고 조심할 때 석부정불좌(席不正不坐)하고 할부정불식(割不正不食)[201]했으며, 십삭동안 몸을 좋게 가져 너를 낳아 기를 때에 진자리에는 내가 눕고 마른자리에는 너를 뉘어 부중생남중생녀(不重生男重生女)[202]는 너를 두고 이름이라. 채단으로 몸을 싸고 보옥으로 장식하여 말년 영화 보려 했더니 홍안박명 네로구나. 저리 될 줄 어찌 알리?"

이렇듯이 초조하여 밤낮 없이 서로 붙들고 울음으로 세월을 보내나 이 도령의 소식은 묘연했다.

차설(且說)[203] 이 도령은 경성으로 올라와서, 은근히 춘향을 위한 정이 가슴에 못이 되고 오장에 불이 되어, 운산을 슬프게 바라볼 때 몸에 날개가 없음을 한탄하고, 꿈속의 넋이 그리움으로 변하여 밤마다 관산을 넘나든다. 꿈에 다니는 길이 자취가 날 것 같으면 임의 객창 밖의 돌길이라도 닳을 만했다.

그러나 도령은 아무리 생각해도 춘향을 데려올 방도가 없었다.

만일 내가 병이 들면 부모에게 불효하는 것이 되고, 춘향을 어찌 다시 보리. 학업에 힘써 공명을 이루면 부모에게 영화를 뵈고 문호를 빛낼지니 내 사랑은 그 가운데 있으리라.

도령은 이리 생각하고, 주야불철 공부를 한다.

나라에서 알성과 뵈시거늘, 도령이 시지를 옆에 끼고 춘당대에 들어가서 현제판을 바라보니 '강구(康衢)에 문동요(聞童謠)'라 뚜렷이 걸렸다.

해제를 생각하고, 용미연(龍尾硯)에 먹을 갈고 순황모(純黃毛) 무심필(無心筆)을 반중동[204] 흠씬 풀어 왕희지 필법으로 조맹부의 체를 받아 일필휘지(一筆揮之)하니 문불가점(文不加點)이라.[205] 일천에 선장하니 상시관이 글을 보고 칭찬한다.

글씨를 볼작시면 용사비등(龍蛇飛騰)[206]하고, 글귀를 볼 양이면 아무래도 귀신이 곡하겠다.

글자마다 비점이요, 구절마다 관주로다. 상지상(上之上)에 등을 매겨 장원급제하겠네.

금방(金榜)에 이름 쓰고 천은을 숙사하고 어주 삼배 마신
후에 몸에는 청삼이요 머리에는 어사화(御史花)라. 천금준마
(千金駿馬) 비껴 타고 장안 대로를 화류 중에 헌거로이 돌아올
때 따르나니 선달이요 부르나니 신래라. 이원풍악(梨院風樂)
은 훤천하고 금의화동(錦衣花童)은 쌍저[雙笛]를 비껴 부니,
단산추야월(丹山秋夜月)에 채봉의 소리로다. 청운 낙수교에
시절이 태평이라. 노류장화 우거지고 거리거리 격양가를 부
를 때에 행화문전 다다르자 부모형제와 종족친붕 향당교리들
이 제성으로 칭찬하니 세상에 좋은 것이 급제 말고 또 있는
가? 삼일유가(三日遊街)한 연후에 선영(先塋)하에 소분하고
궐하에 숙배하니 성상이 인견하사 반기시고 물으신다.

"특채로 쓰려 하니 내직 중에 무슨 벼슬, 외직 중에 어느 곳
을 원하는지 소원대로 아뢰어라!"

이 도령이 머리를 조아려 은혜에 감사하고 아뢴다.

"연소미재(年少微才)[207]로 천은이 망극하와 소년급제하였으
니 무엇을 은휘하오리까? 성군의 덕화가 미치지 못하여 먼 지
방에 대해서는 탐관오리(貪官汚吏)의 수재곡법(受財曲法)[208]과
환과고독(鰥寡孤獨)[209]의 민간질고(民間疾苦)를 알 길 없사오
니 어사를 시키시면 민간의 질고와 각 관의 탐관오리를 역력
히 살펴다가 탑전에 아뢰겠사옵니다."

성상이 들으시고 칭찬하신다.

"기특하다. 높은 벼슬 다 버리고 암행어사 구한 것은 보국

충신임이 분명하다."

성상이 전라 어사로 특차하시니 이 도령 평생의 소원이라. 어찌 아니 감격하고 축하하리.

이 어사는 그날로 출발을 한다. 어전에 하직하고, 집으로 돌아와서 고사당에 허배(虛拜)하고 부모에게 하직하고, 금의를 다 버리고, 철대 없는 헌 파립(破笠)에 무명실로 끈을 하고, 당만 남은 헌 망건에 갓풀 관자 종이를 질끈 졸라매고, 다 떨어진 베 도포를 모양 없어 걸쳐 입고, 칠 푼짜리 목분합(木分合) 띠를 흉복통에 눌러 매고, 해어진 막부채를 윗대님으로 잘끈 매고, 변죽 없는 사송선(賜送扇)[210]을 손에 쥐고 남대문으로 내달아서, 군관비장(軍官裨將), 서리반당(胥吏伴倘),[211] 영리한 군로를 선택하여 변복으로 남모르게 먼저 보내고 암행으로 내려간다. 칠패, 팔패, 이문동, 도적골, 쪽다리 지나, 청패, 배다리, 돌모로, 동작이 바삐 건너, 승방뜰, 남태령, 인덕원, 과천, 갈뫼, 사근평, 군포내, 미력당 지난 후에, 오봉산 바라보고 지지대 올라서서 참나무정 얼른 지나, 교구정 돌아들어 장안문 들이달아, 팔달문 내달아, 상류천, 하류천, 진개울, 떡전거리, 중밋, 음의, 진위, 칠원, 소사, 비트리, 천안 삼거리, 진계역 지나, 덕평원, 진숙원, 새숫막 얼른 지나, 공주 금강을 훌쩍 지나, 은진 닭다리, 능기울, 삼례 지나, 여산, 고산의 전주가 여기로다. 수의어사(繡衣御史) 철관 풍채가 심산의 맹호로다. 연로의 각 읍 수령들이 어사 떴단 말을 풍편에 얻어듣고 옛 공사 다 버리고 새 공사 닦을 때에 뇌정벽력이라. 관속들이 송구

하여 주방 하인은 가슴을 치고 이방 아전은 속이 탄다.

한창 이리 뒤끓을 때, 이 어사는 부모불효 형제불화하는 놈과 탐관오리를 염탐하며 이리저리 다니면서 열읍 소문 들은 후에, 노구바위 지나 임실로 달려든다.

이때는 춘삼월 호시절이라. 만화방창(萬花方暢)하고 일란풍화(日暖風和)하며 산천경개 거룩하여 외향물색(外鄕物色) 또한 왕도보다 좋다.

어사가 마음이 어지럽고 몸이 피곤하여, 다리도 쉬며 경개도 구경하려 화류간에 앉아 사면을 살펴보니, 원산은 중중, 근산은 첩첩, 태산은 막막, 기암은 층층, 장송은 낙락, 간수는 잔잔, 비오리는 둥둥, 두견 접동은 좌우에 넘노는데, 열없는 산따오기는 이 산으로 가며 따옥, 저 산으로 가며 따옥 울음 울고, 또 한편 바라보니 모양 없는 쑥꾹새는 저 산으로 가며 수꾹, 이 산으로 가며 수꾹 울음 운다.

또 한편 바라보니 마니산 갈가마귀가 돌도 차돌도 아무것도 못 얻어먹고 태백산 기슭으로 갈가오 갈가오 울며 가고, 또한 곳 바라보니 층암절벽간에 홀로 우뚝 서 있는 고양나무가 겉으로는 비루먹고 좀먹어 속은 아무것도 없이 아주 텅 비었는데, 부리 뾰족, 허리 잘룩, 꽁지 뭉뚝한 딱따구리 거동 보소. 크나 큰 대부등(大不等)을 한 아름 들입다 흠씬 안고 뚝두덕 꾸벅거리며 뚝두덕 꾸벅 굴리는 소리 그것인들 구경이 아닐소냐?

또 한 곳을 바라보니 각색 초목 무성한데, 천도목, 지도목,

백자목, 행자목, 늘어진 장송, 부러진 고목, 넙적 떡갈나무, 산유자, 검팽, 느름, 박달, 능수버들이 한 가지 늘어지고 한 가지 평퍼지며 휘늘어졌는데, 십 리 안에 오리나무, 오 리 밖에 십리나무, 마주 섰다 은행나무, 임 그려 상사나무, 입 맞춰 쪽나무, 방귀 뀌어 뽕나무, 한 다리 전나무, 두 다리 들미나무, 하인 불러 상나무, 양반 불러 귀목나무, 부처님전 공양나무. 이런 경개 다 본 후에 또 한 모퉁이를 지나가니, 상평전 하평전 농부들이 갈거니 심거니 탁주 병에 점심 고리 곁에 놓고 격양가를 노래한다.

시화세풍 태평시에 평원광야 농부네야 우리 아니 강구미복으로 동요 듣던 요임금의 버금인가? 얼널널 상사대. 함포고복 우리 농부 천추만세 즐거워라. 얼널널 상사대. 순임금 만드신 장기 역산에 밭을 갈고 신농씨 만든 따비 천만세를 유전하니 근들 농부 아니신가? 얼널널 상사대. 어서 갈고 들어가서 산승 같은 혀를 물고 잠을 든다. 얼널널 상사대. 거적자리 추켜 덮고 연적 같은 젖을 쥐고 얼널널 상사대. 밤든 후에 한 번 올라 돌송이를 빚은 후에 자식 하나 만들리라. 얼널널널 상사대.

이리 한창 노닐 때에, 어사가 돌통대에 담배 한 대 담아 들고 농부에게 말을 건넨다.

"담뱃불 좀 붙이세."

농부들이 어사를 보고 모두 모여 둘러앉아 웃음거리 만든다.

이분네 어디 사나? 요런 맵시 구경합소. 실 팔러 다니시오?

망건 앞은 덜 따스운가? 그 꼴보기 어지럽소.

"동떨어진 말 뉘게다가 하나?"

"약계 모롱이를 헐고 병풍 뒤에서 잠자다가 오셨나?"

"이 사람들 그만두소. 보아하니 그래도 돈이나 만지던 솜씨 일세. 당초에는 외입하고 잘 놀던 왈짜로세. 의복 꼴은 이러하나 옷걸이는 제법일세."

"이 사람들 가만두소. 저런 사람 무서우니, 아닌 밤에 다니다가 불지르기 일쑤요, 남의 집에 들어가서 무슨 물건 도적하기 일쑤니라."

"애 이것 구경해라! 박 쪼가리 관자로다!"

그중 한 늙은 농부가 달려들어 말리며 말한다.

"이 사람들아, 그리 마라! 풍편에 얼른 들으니 어사 떴단 말이 있던데 이 사람 괄시 마소! 그도 맹물은 아니기에 세 폭 자락에 동떨어진 말을 하니 과히 괄시 마소!"

어사 내심으로 '사람은 늙어야 쓴단 말이 옳다' 하고, 무슨 말인가 하려 하는데, 또 한 놈이 내다르며 말한다.

"에라 그만두라. 모양 거룩하시다. 주제가 추레하면 양반이 아닌가? 왜들 그리 구노. 양반 대접 아니로세. 영조 때에 계셨다면 인물 당상 어디 가며, 남원 땅에 들어가면 춘향의 서방 되리다!"

모든 농부가 골을 내어 뺨을 치며 말한다.

"백옥 같은 춘향이를 제아무리 없다 하고 뉘게다가 비기나니 미친놈이다!"

저희끼리 다투거늘 어사가 그곳을 떠나와서, 한 곳에 다다르니 사찰의 풍경 소리 들리거늘, 찾아가니 산간 불당(佛堂)이라. 판도방(板道房)에 들어가니, 승속 없이 사람들 거동 보소. 어사를 걸인으로 대접하여 밤을 겨우 지내게 할 때에 소년 선비 공부객들이 어사 보고 손뼉을 치고 크게 웃으며 온가지로 보채기에 어사 정색을 하고 말한다.

"상없이 굴지 마오! 선비 도리에 괴상하오!"

어사가 선비에게 묻는다.

"이 마을 송사가 분명할지요?"

한 선비가 달려들어 말리며 말한다.

"남원 부사 말을 마오. 재물은 탐내고 도리는 없어 백성이 소를 잃고 관청에 고소하니 양쪽을 불러들여 원고에게 '너는 소가 몇 필이냐?' 묻고, '황우 한 필, 암소 한 필 다만 두 필 있더니, 황우 한 짝 잃었습니다' 하고 원고가 대답하니 이번에는 피고에게 '저 도적놈, 너는 소가 몇 필이냐?' 묻고, '소인은 매우 가난하와 한 필도 없나이다' 하고 피고가 대답하니 '소 임자 놈 들어보라. 너는 무슨 복덕으로 두 필이나 두고, 저놈은 무슨 죄로 한 필도 없단 말이냐? 한 필씩 나눴으면 사방에 탈이 없고, 재판도 공평하리라' 하며 소 임자의 소를 앗아 도적놈에게 주었으니 이런 공사 또 있으며, 백옥 같은 춘향을 억지로 겁탈하려다 도리어 욕을 보고 춘향을 엄형중치 하옥하여, 병든 지 해포 만에 지난달 초승에 죽어서 이 산 너머 저 산 너머 초빈케 하였으니 그것인들 적악이 아닌가?"

어사가 이 말을 듣고 춘향이 죽은 줄을 자세히 알고, 정신이 어득하고 설운 마음이 복받쳐 입술이 비죽비죽, 눈물이 글썽 글썽하므로 모든 선비가 이상히 여겨 의논한다.

"그 걸인의 형상을 보니 슬픈 기운을 이기지 못하고 눈물을 참지 못하니 그 아니 이상하냐?"

저를 속여보자 하고 중을 불러 분부한다.

"패 하나를 깎다가 아무 데나 새로 초빈한 데 꽂아놓고 멀리 서서 거동 보라."

그 패에 글을 쓰되 맹랑히도 하였다.

'본 읍 기생 수절원사(守節寃死) 춘향의 묘'라 하여 중놈에 게 주어 보낸다.

어사가 천만 뜻밖에 춘향의 흉음을 듣고 남 웃길 일 전혀 잊 고 춘향의 초빈을 찾아가니, 모골이 송연하고 정신이 황망하 다. 급급히 걸어 한 고개를 넘어가니 새로 한 무덤이 있고 패 를 꽂았거늘 정신없이 달려들어 무덤을 두드리며 소리 높여 크게 곡을 한다.

"애고 춘향아, 이것이 웬일이냐? 우리 둘이 백년가약 맺었 더니 이제는 허사로다! 산 넘고 물 건너 천 리 길을 내 오기는 너만 보려 했더니, 죽었단 말이 웬 말이냐? 공산야월 적막한 데 누웠느냐 잠자느냐? 내가 여기 왔건마는 모르는 듯 누웠구 나! 애고 애고 설운지고!"

그러고는 두 주먹 쥐고 무덤을 쾅쾅 두드린다.

"춘향아 춘향아, 날 보고 일어나라! 얼굴이나 잠깐 보자, 성

음이나 들어보자! 너를 어디 가서 다시 보랴? 애고 이를 어찌
할까. 서러워 차마 못 살겠다!"

어사가 슬피 우니 일월이 빛을 잃고 초목이 슬퍼하고 금수
도 울음 운다.

한창 이리 슬피 울 때, 건넛마을 강 좌수가 이 형상을 바라
보고 놀랍고 괴이하여, 급히 들어가 마누라에게 말한다.

"우리 아기 살았을 때 혼인 전의 처자였거든, 어떤 걸객 놈
이 백년가약이 허사라고 두드리며 울음 우니 요런 변이 또 있
는가. 이놈 고두쇠야. 몽치 차고 건너가서 아기씨 무덤에서 우
는 놈을 난장결치(亂杖決治)[212]하라!"

고두쇠가 건너가서 욕설을 하고 달려드니, 어사 급한 김에
혼이 떠서 삼십육계(三十六計) 중 줄행랑이 으뜸이라. 죽을 각
오로 도망하여 멀리 달아나 한 곳에 다다르니 기암층층 절벽
간에 폭포수는 떨어지고 계변 좌우의 반석상에 제명 각석이
무수하다. 땀이 나서 세수하고 또 한 곳에 다다르니 단발의 초
동 목동들이 쇠스랑에 호미 들고 사유화 노래하며 올라온다.

"어떤 사람은 팔자 좋아 호의호식 염려 없고, 또 어떤 사람
은 팔자 기박하여 일신이 난처하니 아마도 빈한 고락을 돌려
볼까."

또 한 아이가 소리한다.

"이 마을 총각 저 마을 처녀 남녀 혼인 제법이다. 공평한 하
늘 아래 세상 일이 경위도지다."

어사가 서서 듣고 혼잣말을 한다.

"저 아이 녀석은 의붓어미에게 밥 얻어먹는 놈이요, 저 아이 녀석은 장가 못 들어 애쓰는 놈이다!"

또 한 곳에 다다르니, 농부들이 가래질에 부침하며 선소리를 한다.

"천황씨가 나신 후에 인황씨도 나시도다. 얼널널 상사대여. 수인씨 나신 후에 교인화식 하시도다. 얼널널 상사대. 하우씨 나신 후에 착산통도한단 말인가? 얼널널 상사대. 신농씨 나신 후에 상백초를 한단 말인가? 얼널널 상사대. 은왕성탕 나신 후에 대한칠년 만났으니 전조단발하온 후에 상님들이 기우한다. 얼널널 상사대. 시화세풍 태평시에 평원광야 농부들아 승평연월 이 세곈가 오왕성덕 아니신가? 얼널널 상사대. 갈천씨 때 백성인가? 우리 아니 순민인가? 함포고복 우리 농부 천추만세 즐거워라. 얼널널 상사대. 순임금이 만든 장기 역산에서 밭을 갈고, 신농씨가 만든 따비 천만세를 유전한다. 어와 우리 농부들아 사월남풍 보리타작 구시월 볏가리를 우걱지걱 지어보세. 얼널널 상사대. 오곡백곡 하여내어 우리 임금께 공을 하고 남은 곡식 있거들랑 부모봉양 하여보세. 얼널널 상사대. 봉양하고 남거들랑 처자권속 먹여보세. 얼널널 상사대. 남은 곡식 있거들랑 일가친척 구제하세. 얼널널 상사대. 어와 우리 농부들아, 농사하고 들어가서 햇곡식에 배불리고 기직장사나 달래보세. 산승 같은 혀를 물고 연적 같은 젖을 쥐고 굽닐굽닐 굽닐러서 돌송이나 거취하세. 얼널널 상사대. 우리 농부 들어보소. 불쌍하고 가련하다! 남원 춘향이는 비명원사(非命寃死)

한단 말인가? 무거불측 이 도령은 영절 소식 없단 말인가? 얼
널널 상사대."

　이런 소리 다 들으니 무슨 핑계로 말 물으리? 어사가 별안
간 딴전으로 말한다.

　"저 농부 여보시오. 검은 소로 논을 가니 컴컴하지 아니한
지?"

　농부가 대답한다.

　"그렇기에 볏 달았지요."

　"볏 달았으면 응당 더우려니?"

　"덥기에 성엣장 달았지요."

　"성엣장 달았으면 응당 차지?"

　"차기에 소에게 양지머리 있지요."

　이렇듯 수작할 때, 한 농부 달려들며 말한다.

　"우스운 자식 다 보겠다! 얻어먹는 비렁뱅이 녀석이 반말
짓거리가 웬일인고? 저런 녀석은 근기를 알게 혀를 뿌리째 뺄
까 보다."

　한 농부가 달려들며 말한다.

　"아서라, 얘 그런 말 말아라! 그분을 곰곰이 뜯어보니 주제
는 비록 허술하나 손길을 보아하니 양반임이 확실하다. 세 폭
자락이 하 맹물은 아니로다!"

　한 농부가 말한다.

　"영감 너무 아는 체 마오. 손길이 희면 다 양반인 게요? 내
가 그놈을 뜯어보니 거지 중 상거지요. 손길을 보니 움 속에서

송곳질만 하던 갖바치 아들놈이 분명하오."

늙은 농부가 묻는다.

"어디서 살며 어디로 가시오?"

어사가 대답한다.

"서울서 살더니, 광주 땅에 친척 찾으러 가다가 마침 기운이 없고 공교로이 점심때라 요기나 할까 하고 앉았지."

여러 농부 공론하여 열 사람이 밥 한 술씩 한 그릇을 두둑이 주니 어사 포식한 후 치하하고 하직한다.

"다시 봅세."

한 곳에 다다르니, 한 영감이 길가에 주막 짓고 앉아서 막걸리 팔며 청올치 꼬며 반나마²¹³⁾를 부른다.

"반나마 늙었으니 다시 젊지는 못해도 이후나 늙지 말고 매양 이만이나 하고 지고. 백발이 제 짐작하여 더디 늙게."

어사가 주머니를 털어 돈 한 푼 내어 쥐고 말한다.

"술 한 잔 내라니까."

영감이 어사의 꼴을 보고 말한다.

"돈 먼저 내시오!"

어사가 쥐었던 돈 내어주고, 한 푼어치 졸라 받아 먹고, 입 씻고 대답한다.

"영감도 한 잔 먹으라니까."

"그만두오. 지나가는 행인이 무슨 돈이 넉넉하여 나에게 술을 먹이려 하오?"

"내가 무슨 돈이 있어 남에게 술을 먹일까? 영감 술이니 출출한데 한 잔이나 먹으란 말이지."

영감이 골을 내어 말한다.

"내가 술을 먹든지 말든지, 이녁이 누구기에 먹어라 말아라 참견하오!"

"그야 정 먹기 싫거든 그만둘 것이지 남과 싸우려 말게. 그러나 그 말은 다 실없는 말이거니와, 서울서 들으니 남원 기생 춘향이가 창기 중에 정절이 있어 기특타 하였으나, 이곳에 와 들으니 춘향이가 본관 수청을 들며 주야로 농창을 한다 하던데 그것이 분명한가?"

이 영감의 성품은 헌릉(獻陵) 장작[214]이라. 이 말 듣고 펄쩍 뛰어 일어서서 상투 끝까지 골을 내어 두 눈을 부릅뜨고 두 팔을 뽐내면서 넋이 올라 말한다.

"뉘라서 이런 말을 하던가? 백옥 같은 춘향을 이런 더러운 말로 모함하는 놈을 만나면 그놈의 다리를 무김치 썰듯 무뚝무뚝 자를 것을, 통분하고 절통하오! 이녁도 다시 그런 말을 하면 누더기를 평생 못 벗어보고 비렁뱅이로 늙어 죽을 것이니 그런 앙급자손(殃及子孫)[215]할 소리는 다시 옮기지도 마소!"

"영감은 악담 말고 이야기나 자세히 하라니까. 춘향의 얼굴이 일월 같은지 행실이 백옥 같은지 알 수가 있나? 영감은 따라다니며 보았나?"

골난 영감이 응답한다.

"전등 사또 자제인 이 도령인지 하는 아이 녀석이 춘향을 작첩하여 백년가약 맹세하고 올라갈 때 후일 기약을 금석같이 하였으나, 한번 떠난 후 삼 년 동안 소식이 돈절하고, 신관 사또 호색하여 춘향의 향명 듣고 성화같이 불러들여 수청으로 작정하나 춘향의 빙옥절개 한사코 듣지 않으니, 신관 사또 골을 내어 춘향을 중장한 후에 항쇄 족쇄 옥에 가둔 지 삼 년이라. 때때 춘향을 불러 올려 중치하며 늦게 자백해 미안하다 하라 분부하되, 그런 고초를 겪으면서도 춘향의 유리 같은 맑은 마음 추호 불변하였으니, 자고로 창기의 절개가 이렇단 말 들어봤나? 이 도령은 이런 열녀 첩을 외방에다 버려두고 삼 년이 되도록 편지 한 장 아니하고 소식조차 뚝 끊어지니, 그 아이 녀석이 신사년 팔월통에 떨어졌으면 모르거니와, 살아 있고는 이런 맵고 독하고 모질고 단단하고 무적 맹랑하고 제 할미와 붙을 아이 녀석이 어디 있겠나? 춘향이 이제는 할 수 없이 옥중에서 죽게 되어 우리 아들 복실이가 돈 닷 냥 삯을 받고 급주로 편지를 전하려 하여, 그 편지가 여기 있으니 어디 거짓말인가 편지를 보소!"

어사 이 말 듣고 생각하되, 욕먹어도 할 말 없다.

'대저 살기는 그저 살았는가? 그 도령에게 욕일랑은 과히 말자! 나와 과히 남 아닌 사이니까' 하고 편지 받아 보니 겉봉에 '삼청동 이 승지 댁 도련님 시하인 개탁이라. 남원 춘향은 상서라' 하였다. 뜯어보니, '이별 후 삼 년이나 서신이 돈절함은, 약수 삼 천리에 청조가 끊어졌으며, 북해 만 리에 홍안(鴻雁)이 없음이라. 이화의 두견이 울고 오동에 밤비 올 때 무심한 호접몽은 천리의 오락가락 정불자억(情不自抑)이요, 비불자승(悲不自勝)이라.[216] 한숨과 눈물로 화조월석을 보내더니 우환 중 생각 밖의 신관의 수청 분부 상설(霜雪)을 능멸하니 뇌정과 벼락이 신상에 내리며 편신이 분쇄하고 심장이 사라지옵니다.

이렇듯 괴로움 속에 한 오라기 목숨을 지금까지 부지함은 생면으로 한번 만나 평생 서러운 회포를 다한 후에 즉각 쓰러져 세상을 이별하고자 함이어서 사라져가는 정신을 수습하여 혈서를 아뢰니, 바라건대 행여나 감동하여 죽기 전에 한번 보아 파경이 재합할까? 낭군을 보지 못하옵고 목숨이 다하면 천고에 원혼 되어 망망한 구름 밖에서 슬피 울며 한양까지 올라가 낭군의 자취를 따르리니, 낭군이 옛 정리를 생각하여 한번 만나주기를 서서 기다리나이다. 붓을 잡아 글을 이루매 눈물이 앞을 가리는지라. 말을 이루지 못하매 대강을 기록하나이다. 모년 모월 모일에 남원 춘향은 상서하노라' 하였다.

어사 보기를 마치매 한편으로 기쁘고 한편으로 슬퍼서 총총히 인사하고 말한다.

"그 도령은 나의 사촌동생이어서 이 편지를 착실히 전해줄 것이니 염려 말고, 서울 가야 보지 못할 것이니 헛걸음 말고, 수일 후 제게 가서 착실히 전했다 하여라."

영감이 천만 당부한다.

"나중에 말 안 되게 잘 전해주소!"

어사 대답하고 돌아서서 심신이 황홀하다. 죽은 줄 알았더니 산 편지를 보았네. 허둥지둥 바삐 걸어 또 한 곳에 다다르니 풍헌 약정 면임들이 답인수결(踏印手決)²¹⁷⁾ 발기[件記]²¹⁸⁾를 들고 민간 수렴을 하는구나. 이 달 이십칠일이 본관 원님 생일이라. 돈과 쌀을 뺏어가니 민원(民怨)이 철천(徹天)하여²¹⁹⁾ 집집이 울음이다. 노변에 상인 하나가 울고 간다.

"이런 관장 보았는가? 살인 소지를 오리면 원님이 제사하되, '얼마 안 되는 민호 중에 하나 죽기도 어렵거늘, 또 하나를 죽이면 두 백성을 잃는구나. 바삐 몰아 내쳐라' 하니, 이런 공사 보았는가?"

이런 말도 얻어듣고 또 한 곳에 다다르니, 초부 하나가 시절가를 부른다.

"불쌍하고 가련하다. 낸들 아니 불쌍한가? 크나큰 옥방 안에 꽃이 시들고 향이 사라지네. 일거에 무소식하니 애끓는 듯."

어사 듣고 복받쳐오는 눈물을 머금고 두루 돌아, 남원 지경에 들어서서 천천히 완보하여 박석재 올라서서 좌우 산천 둘러보니 반갑고 반갑네. 산도 예 보던 산이요, 물도 예 보던 물이라. 위성조우(渭城朝雨) 맑은 물은 내 마시던 창파요, 녹수진경(綠樹秦京) 너른 뜰은 임 다니던 길이로다. 객사청청류색신(客舍靑靑柳色新)²²⁰⁾은 나귀 매던 버들이오, 두 푸른 버들 사이는 백포장막 치던 데라. 동문 밖의 헌원사는 야반종성 반갑도다. 광한루야 잘 있었느냐, 오작교야 무사하더냐? 좌편은 교룡산성 우편은 영주고개. 춘향 고택 찾아갈 때, 반갑고도 새롭다! 산천경개 예와 같고, 녹음방초 예와 같고, 안전물색 반갑고도 반갑네. 임의 얼굴 반갑네.

춘향 문전 다다르니 옛 형상이 전혀 없다. 행랑채 일그러지고, 안채는 쓸리고, 면회한 앞뒤 담도 간간이 무너지고, 창 앞에 누운 개는 기운 없이 졸다가 구면 객을 몰라보고 컹컹 짖고 내닫는다. 거친 섬돌의 푸른 물은 옛 자취 희미하고, 창외의 옛 경개는 녹죽창송뿐이로다. 대문짝도 간데없고 중문짝도 흩어지고, 앞뒤 벽은 자빠지고 서까래는 고의 벗고, 방 안에서는 하늘 뵈고 마당에서는 꼴을 베고, 아궁이에 토끼 자고 부뚜막에 다람쥐 기고, 물통에는 땅벌집 밥솥에는 개미집, 뒤 연못도 다 메이고 석가산도 흩어지고, 홍도벽도 부러지고 화초분도 깨어지고, 큰 개는 비루먹고[221] 작은 개는 굴타리먹고,[222] 세간은 다 없으니, 주인 없는 집이 완연하여 이전 모양은 전혀 없이 처량하기 그지없다.

어사가 한숨을 쉬며 말한다.

"저이 집이 이러하니 게 일은 불문가지(不問可知)겠네!"

한숨짓고 탄식하며 두루 구경하다가, 황혼시를 기다려 대문간에 들어서며 말한다.

"춘향 어미 게 있는가?"

춘향 어미 거동 보소. 노랑 머리에 비녀 꽂고 몽당치마 두루치고서 옥바라지 다니다가 질탕관에 죽을 쑤니, 질탕관에 불사를 때 젖은 나무의 불을 불며 눈물 흘려 성화한다. 한숨도 훌훌 내리쉬고, 가슴도 콩콩 두드리고, 머리도 박박 긁으면서

부지깽이 두드리며 말한다.

"날 잡아갈 귀신은 어디로 갔나? 자수라도 하련마는 저를 두고 어찌하리? 자는 듯이 죽고 지고! 천산지산 할 것 없이 이가 놈이 내 원수라!"

한창 이리 원망할 때, 부르는 소리 알아듣고 팔짝 뛰어 내닫는다.

"게 누구 와 계시오?"

어사가 대답한다.

"내로세!"

"내라 하니 동편작 굴뚝의 아들인가? 비렁뱅이도 눈이 있지 집 몰골 보아하니 무엇을 주리라고 어두운 데 들어왔나? 옥에 갇힌 딸 먹이려고 시래기죽 끓이네. 다른 데나 가보소."

"이 사람아, 내로세!"

"오호, 김 풍헌님 와 계시오? 돈 한 돈 꾸어온 것 쉽게 얻어 가리다. 너무 그리 재촉 마오. 내 서러운 말 들어보오. 금산서 온 옥선이는 신관 사또 수청 들어 주야 농창 행락하며, 남원 읍내 대소를 제게 먼저 청하면 백발백중 영락없고, 원님이 대혹하여 제 아범 행수군관, 제 오라비 서창고자 되고, 읍내 논이 열 섬지기, 군청 뒷밭 보름갈이와 집안 기물을 모두 셈하면 오륙천 금 되었으니, 춘향이 짓을 보오. 요런 것을 마다하고 나까지 못 살게구네."

"이 사람아, 나로세!"

"오호 재 넘어 이 풍헌 자제인가?"

"아니로세. 자세히 보소. 나를 몰라보나?"

"옳지, 이제야 알겠네. 자네가 봉화재 사는 어린돌인가? 이 사람아 지난번에 죽값 칠 푼 진 것 주고 가소! 요사이 어려워 못 견디겠네!"

어사가 민망하여 대답한다.

"그렇게 눈이 어두운가? 정신이 없나? 내가 전 책방 도령일 세!"

춘향 어미 코똥 꿰고[223] 말한다.

"이놈의 자식이 어디서 났나? 완구한 상고의 자식 놈이네. 늙은 것이 곧이듣고 불러들여 재우거든 밤든 후에 짭짤한 것 도적하여 가려는가? 해를 곱게 보내다가 같잖은 자식 다 보겠 다."

춘향 어미가 등을 밀어 내치니, 어사가 어이없어 웃으며 말한다.

"이 사람 망녕이네. 나의 사정 들어보소! 시운이 불행하여 과거도 못하고 벼슬길두 끊어져서 가산이 탕패히고 ▯리길▯긱 다니더니, 우연히 여기 와서 소문을 잠깐 들으니 자네 딸이 나로 하여 엄형중치되고 옥에 들어가 죽게 되었다 하니, 저 볼 낯이 없건마는 옛 정리를 생각하고 차마 그저 가지 못하여 한 번 보려 찾아왔네. 이미 내가 여기 왔으니 저나 잠깐 보고 가세!"

춘향 어미 이 말 듣고 깜짝 놀라, 뱁새눈을 요리 씻고 조리 씻고 역력히 쳐다보니 분명한 너로구나! 그러고는 두 손뼉을 마주치며 강동강동 뛰놀면서 말한다.

"애고 애고 이것이 웬일인고! 이 노릇 보게. 매우 잘되었다! 현순백결(懸鶉百結)인들 분수가 있지. 벽해가 상전 되고 상전 이 벽해 된다 한들 저다지 변하였다? 잘되었네! 칠 년 대한 비 바라듯, 구 년 지수 해 바라듯, 하늘같이 바라고 북두같이 믿 었더니, 이를 어찌 한단 말인고. 애고 애고 설운지고!"

그러고는 센 머리를 퍼버리고 옷자락을 들입다 잡고 복장 을 탁탁 치며, 온몸을 쥐어뜯고 악을 쓰며 말한다.

"날 죽여주오! 내가 살아서 무엇 할까? 옥 같은 나의 딸이 너로 인해 옥중에서 죽게 되니, 모녀 주야장천 믿고 바라던 일 이 이제는 일없네! 이를 장차 어찌할까?"

어사가 기가 막혀 도리어 달랜다.

"너무 과도히 굴지 마소! 사람의 일은 모르나니 너무 괄시 마소. 음지에도 볕 들 때가 있나니."

늙은 것이 낌새는 한몫 보는지라. 눈치 채고 더듬어 풀쳐 말 한다.

"여보 서방님 내 말 듣소. 내가 모두 화 덩이오. 하는 것이 열증이지. 늙은 것이 말이 망령이니 조금도 노여워 마오. 저리 되기도 팔자로세! 저를 옥에 넣은 후에 집안 기물 모두 팔아 옥바라지하는 중에, 이 집인들 내 집이라고 환상 사채 태산이 라. 견디다 못해 집을 팔아 수쇄한 후 집도 없는 거지라. 어찌 아니 서러울까?"

이렇듯 수작하며 짧은 밤을 길게 새울 때, 향단이 식은 밥을 데워놓고 어사보고 목이 메어 말한다.

"서방님, 시장한데 어서 요기나 하옵시오. 아기씨 말씀이야 한 입으로 어찌 다 하오리까?"

어사가 기특히 여겨 요기하고, 분한 마음과 슬픈 뜻에 가슴의 일천 잔나비 뛰놀아 전전반측하여 잠을 이루지 못하고 겨우 밤을 새울 때 오경 북소리가 나거늘, 춘향 어미 불러 데리고, 향단이 등불 들려 앞세우고 옥중으로 향한다.

이때 춘향은 옥중에 홀로 앉아 이삼경에 못 든 잠을 사오경에 겨우 들어 비몽사몽 꿈을 꾸니, 평소에 보던 몸거울이 한복판이 깨어지고 뒷동산의 앵두꽃이 백설같이 떨어지고 자던 방 문설주 위에 허수아비가 달려 뵈고 태산이 무너지고 바다가 말라 보인다.

춘향이 꿈에서 깨어 말한다.

"이 꿈 아니 수상한가. 남가의 일몽인가. 화서몽, 구운몽, 남양 초당 춘수몽, 이 꿈 저 꿈 무슨 꿈인가. 임 반기랴 길몽인가, 나 죽으랴 흉몽인가 익주 낭군 이별 후에 소시조차 돈절하고, 급주 서간도 회보 없고, 수삼 춘추 되어가되 편지 한 장 아니 오나. 봄은 신의가 있어 오는 때에 돌아오되 임은 어이 신의가 없어 돌아올 줄 모르는고. 이 꿈 수상하다. 임이 죽으려나, 내가 죽으려나. 이 몸은 죽을지라도 임은 죽지 말고 내 설치(雪恥)[224]를 해주소. 혼백이라도 임을 아니 잊으리라."

칼머리를 베고 누워 가만히 생각한다.

'날 사랑하던 도련님이 경성에 득달한 후, 내가 그리워 병이 들었는가. 소인의 참소 입어 천리원적하였는가. 날 찾아오다가 비명참사하였는가. 나보다 나은 임을 얻어두고 사랑 겨워 못 오시나. 요조숙녀 정실 얻어 유자생녀(有子生女) 금슬종고(琴瑟鐘鼓)[225]를 즐기시나. 남린북촌(南隣北村) 청루주사(靑樓酒肆) 유협객(遊俠客)[226]이 되었는가. 이런 연고 다 없으면 일정 한번 오련마는, 오시지는 못하여도 일자 서신 받았으면 나의 소식 알련마는, 내 몸 죽을 꿈을 꾸니 이를 어찌 한단 말인고. 소년등과하여 남북병사하였는가. 북경 사신을 가셨는가. 나를 아주 잊었는가. 이러할 리 만무하다.'

이렇듯 혼자 사설과 눈물 섞어 한숨 쉴 제, 외촌 허 봉사가 도붓길에 돌아간다. 문복 외며 가는 소리가 서울 판수와는 판이하다. 소리를 폭 쥐어지르는 듯이 한다.

"문수(問數)[227]합소, 문수합소!"

거드럭거려 멋대로 하다가 묽은 똥을 디디고 미끄러져 안성 장의 송아지처럼 뒤처지며 철버덕거려 일어나는데, 두 손으로 똥을 짚어 왕십리어미 풋나물 주무르듯 온통 주무르고 일어서서 뿌릴 적에 옥 모퉁이가 돌부리에 잘끈 하고 부딪치니 말이 못된 네로구나. 똥 묻은 것 전혀 잊고 입에 넣어 손을 불 제, 구린내가 코를 찌른다.

"어이쿠 구리네! 어느 녀석이 똥을 누었는고? 세 벌 썩은 똥내로다!"

허 판수가 눈 먼 것만 한탄하고 옥문 앞을 지날 적에, 온 옷을 걷어 안고 눈을 희번덕거리고 콧살을 찡그리고 막대를 휘

저으며 휘파람 불며 더듬어 오거늘, 춘향이 김 형방 불러 부탁한다.

"저 판수 청하여주오!"

김 형방이 판수를 불러주니, 저 계집아이 거동 보소. 판수 소리 반겨 듣고 말한다.

"판수님 여보시오. 이리 와서 쉬어 가오!"

허 판수가 듣고 답한다.

"그 누가 부르는가? 말소리가 심히 익다."

"애고, 나는 읍내 춘향이오. 그사이 댁에 연고나 없고 재수나 많이 있소?"

허 판수의 거동 보소. 한번 길게 빼기며 대답한다.

"이 아이 너 볼 낯이 전혀 없다. 원수의 생애로다! 요사이 어른의 감기와 아이들의 역질 배송하기, 푸닥거리 방수 보기, 중병에 산경 읽기, 집 이사에 안택경(安宅經),[228] 맹청의 계회 참여하기, 동관끼리 골패하기로 네 말 들은 지 오래건만, 한번 와서 정답게 묻지도 못하고 이렇듯 만나니 할 말이 진혀 없다. 요사이 중장을 당하였다 하던데 상처나 만져보자."

얼굴부터 내리 만져 젖가슴에 이르러서는 매우 지체를 한다.

"애고, 게는 관계치 않소!"

춘향이 대답하고, 허 판수가 차차 내려가다가 불가불 중요한 데 다다라서 말한다.

"어유, 몹시 쳤구나! 바로 정강이가 패었네. 제 아비 쳐 죽인 원수던가?"

그러며 삼사미[229)]를 만지려고 몸을 굼실굼실한다.

허 판수가 손을 빼어 바지춤을 무너뜨리고 꿇어앉아 거취를 차리려 하니, 춘향의 성품에 허 판수를 깨 뺨 치듯 뺨을 쳐 보내련마는 춘향이 겨우 참고 말한다.

"여보시오 판수님, 내 말을 듣소. 옛 일을 곰곰 생각하니 설움이 샘솟듯 하오. 허 판수님 소시 때에 우리 어르신네와 앞뒷집 이웃하여, 형동생 사이로 희롱하고 놀며 술친구 되어 다니실 제, 돈이 네 푼만 생겨도 판수님은 우리 집에 와서 어르신네를 불러내어 우리 오늘 해좌하세 하셨소. 어르신네 대답하고 나를 안고 나가시면 허 판수님은 나를 보고 머리를 살살 쓰다듬고 '내 딸 춘향아 어디 보자' 하셨소. 나를 술집에 안고 가서 안주 주고 달랬던 일 엊그제 같지만, 오늘날 생각하니 어르신네를 다시 뵌 듯하오. 옛말에 일렀으되 '친구의 자식은 곧 내 자식이라' 하였으니, 나는 허 판수님을 우리 어르신네로 아오. 아무 걱정 없사오니 두루 만져주오. 시원하기가 측량없소."

판수 놈이 춘향의 말을 듣고, 맥이 풀려 슬며시 떨어지며 열없이 말한다.

"고 녀석의 자식네 아이, 정신도 좋다. 과연 그러한 법 있느니라. 그러하나 김 패두가 치더냐? 이 패두가 치더냐? 똑바로 일러라! 널 매질하던 놈, 내 설치(雪恥)해주마. 형방 패두 놈들이 오월 오일에 날 받으러 내 집에 오니, 이후에 날 받으러 오거들랑 죽을 흉한 날을 받아주어 생급살을 맞히리라. 사람 놈이 매질을 하기로서니 그다지 몹시 하였으랴? 아무튼 신수점이나 쳐보아라! 내 식전 정신에 잘 쳐보마."

춘향이 꿈꾼 말을 다 자세히 이르며 옷고름의 돈 네 푼 호천호지(昊天昊地)[230] 호일호월(昊日昊月) 합하면 천지일월이라.

"가진 것이 이뿐이니 해몽점을 잘 쳐주오."

판수의 거동 보소. 주머니를 어루만져 산통(算筒) 내어 손에 들고 눈 위에 번쩍 들어 솰솰 흔들고 왈각왈각 흔들고는 거꾸로 잡고 하나 둘 세어보고, 부채를 두드리며 점괘를 풀어낸다. 내외효(內外爻)를 작괘(作卦)하니[231] 산 아래 불이 있는 좋은 점괘가 되겠다.

"얘 춘향아, 이 점 매우 묘리 있다. 이 도령이 과거하여 청포를 입을 격이오, 천록귀인성의 역마가 발동하니 분명 외임하여 나갈 형상이라, 연자괘 비치었으니 둥실둥실 떠다니는 솔개벼슬이오, 자손이라 하는 것은 공명에는 화약이라. 삼형살기 띠었으니 이 아니 괴이하냐? 육효로 논지하면 도무지 낡이로다. 옳거니, 알리로다. 열읍 수령 관속들을 형추파직할 것이니 암행수가 분명하다. 화락(花落)하니 능성실(能成實)이요, 경파(鏡破)하니 기무성(豈無聲)인가? 문상(門上)에 현허인(懸虛人)하니 만인개앙시(萬人皆仰視)라. 산붕(山崩)하니 작평지(作平地)요, 해갈(海渴)하니 견용안(見龍顏)이라. 이 글은 '꽃이 떨어지니 능히 열매가 열릴 것이요, 거울이 깨어지니 어찌 소리 없으랴? 문 위에 허수아비 달렸으니 만인이 다 우러러보리로다. 산이 무너지니 평지가 될 것이요, 바다가 마르니 용의 얼굴을 보리로다'라는 뜻이라. 얘 춘향아, 부디부디 조리하며 염려 말고 지내보아라! 기다리던 낭군을 멀지 않아 만나리라."

"이 점 같을진대 무슨 한이 있으리오. 맹랑한 말 너무 마오."

판수가 골을 내어 굳이 맹세한다.

"내가 왜 헛 주둥이를 놀리겠나. 옷고름 맺고 내기하자. 아무렴 크게 길하니 두고만 보아라!"

그러다가 말끝에 생각하니 복채(卜債) 달라기가 어렵다.

"얘 춘향아! 이사이는 내가 별 재수도 없고 지내기가 극난하다마는 어찌하리?"

춘향이 이 말 듣고, 꽂았던 금비녀를 빼주며 말한다.

"불쌍하오! 이것이 약소하나 팔아 한때 보태 쓰오!"

판수 놈이 두부 자루 터지듯 속으로 들이 뻐기며 말한다.

"아무리 돈 들이지 않고는 아무 일도 이루어지지 않는다고 하나, 웬만하면 보태줄 터에 남이 알면 나를 무엇으로 알리? 아서라!"

이렇게 말하는 사이에 벌써 왼손으로 금비녀를 받아 소매 속에 수쇄하고 열없어 말한다.

"얘, 시장하니 다시 보자!"

"애고, 평안히 가오!"

춘향은 인사하여 보낸 후에 갖가지로 헤아리며, 저녁죽도 물리치고, 오경 치는 소리 사라지도록 잠 못 들고 앉았다.

이때 춘향 어미 앞서 온다.

"춘향아, 춘향아! 자느냐 깨었느냐?"

춘향의 거동 보소. 날이 어둡도록 앉았다가 부르는 소리 듣고 급히 일어나 나오다가 형문 맞은 정강이를 옥 문턱에 부딪고, 아이쿠! 소리 크게 하다가 어머니가 놀랄까 낮은 소리로 겨우 애고 애고 하고 진정하여 대답한다.

"어머니 이 밤중에 왜 또 왔소? 밤이나 제발 평안히 쉬시오. 저리 애쓰다가 마저 병이 들면 구할 이 누가 있소? 이미 보러 와 계시니 내 속곳이나 가져다가 앞 냇물에 솰솰 빨아 양지에 바로 널어주오. 가려워 차마 못 살겠소!"

춘향 어미가 춘향의 손목을 잡고 대성통곡 한다.

"이를 어찌하느냐? 내 장례를 네가 해야 할 때, 네 장례를 내가 하게 되니, 내 장례를 누가 할까? 애고 애고 설움이야! 내 곡을 네 할 때 네 곡을 내가 하니 내 곡을 누가 하리?"

서로 붙들고 한참 울다가, 춘향이 눈 들어 어사의 멀리 서 있는 양을 보고 묻는다.

"저 뒤에 서 있는 이가 누구요?"

"재 너머 이 풍헌이 자릿값 받으러 왔단다."

"그러면 엎드리지요. 이 밤에 무슨 일로 예까지 모셔왔소? 날 보고 가시려오? 이 풍헌님 이리 오오! 그사이 평안하시고, 아낙 문안도 안녕하시오? 대수롭게 이 밤에 보러 오시니 감격하오."

"자세히 보아라. 이놈의 자식이 거지꼴로 너를 찾아왔단다."

춘향이 울며 말한다.

"그 뉘라고 날 찾는고? 날 찾을 이 없건마는, 이곳이 흉한 옥중이라, 형문 맞아 죽은 귀신, 목매달아 죽은 귀신, 애매하게 죽은 귀신, 뭇 귀신이 날 찾는가? 진언이나 읽어보자. 육자대명(六字大明) 왕보살 옴마니밧메훔."

왼발 구르며 말한다.

"멀리 썩썩, 그렇지 아니하면 상산사호 벗이 없어 바둑 두자 날 찾는가? 영천수에 귀 씻던 소부와 허유의 진세(塵世)의 일을 의논코자 날 찾는가? 주중천자(酒中天子) 유령(劉伶)이 술 먹자 날 찾는가? 시중무량(詩中無量) 이태백이 시부를 읊자 날 찾는가? 위수어옹(渭水漁翁) 강태공이 낚시질하러 날 찾는가? 수양산 백이숙제가 고사리 캐자 날 찾는가? 면산 깊은 곳의 개자추가 불타 죽자 날 찾는가? 황릉묘의 아황여영(娥皇女英)이 시녀 없어 날 찾는가? 천태산 마고선녀(麻姑仙女)가 숙낭자 일을 물으려고 날 찾는가? 날 찾을 이 없건마는 그 뉘라서 날 찾는고?"

춘향 어미가 응답한다.

"네 서방 이 도령이 너를 보러 왔단다! 바라고 믿었더니 잘되었다! 거룩하고 의젓하다. 네 서방이 좋기도 좋다! 이제는 무엇을 믿고 바라려느냐?"

춘향이 이 말 듣고 놀라 불빛에 바라보니, 팔도에 비하지 못할 상거지가 완연하다.

"애고 어머니도 망령이오. 눈이 어두워 마련이 없소."

"나더러 눈이 어둡다고 한다마는 네 밝은 눈으로 자세히 보아라! 이가 놈이 아니라면 어떤 역적의 아들놈이냐?"

어사가 멀리 서서 모녀의 거동을 보다가, 어이없고 기가 막혀 눈물을 머금고 천천히 나아가 말한다.

"춘향 어미 등불 드소! 얼굴이나 자세히 보세."

문틈으로 들여다보니 화용월태(花容月態) 홀연히 변하여 빈산에 뒹구는 해골이 되었기에 어사가 정신이 산란하여 급히 소리를 한다.

"춘향아, 어디 보자! 저 형상이 웬일이냐? 백옥 같은 고운 모습 해골같이 되었으며, 선녀 같은 네 모양이 산 귀신이 다 되었구나! 녹의홍상 걸치던 몸에 몽당치마 웬일이며, 비단 당혜 신던 발에 헌 짚신이 웬일이냐? 반가운 중 멋쩍도다! 나도 기운이 불행하고 급제도 못하고 가산도 탕진하여 누년걸식하노라니 진작 한 번도 못 와보고, 풍년 든 데만 찾노라니 금년에야 이곳을 지나다가 공교롭게 네 편지도 보고 네 소문도 들으니, 나로 하여 저렇듯 죽을 고생 당하니 너 볼 낯이 없건마는, 옛 정리에 무안하고 슬픈 중에 부끄럽다. 안 본 것만 못하구나. 내 모양이 이리 될 제 어느 겨를에 너를 찾으며, 동냥하기 골몰하여 진작 오지 못하였다. 우리 둘의 당초 언약 아무리 굳은들 지금 와서 할 수 없다. 꼴을 본들 모르리. 몸 구처를 해주렴."

춘향이 그 말 듣고 다시 보니 영락없다. 말소리와 하는 거동

이 미망 낭군 정녕하다. 상시냐, 꿈이냐? 만일 꿈 곧 아니면 이 몸이 죽었도다! 죽은 혼일망정 왔다 하니 반가워라! 삼혼칠백(三魂七魄)[232] 나타난다. 혼절하여 정신을 잃었더니, 오랜 후에 깨어나서 울며 말한다.

"애고 이것이 웬일이며, 이 말이 웬 말이오. 하늘에서 떨어졌는가, 땅에서 솟았는가. 바람결에 날려 왔나, 떼구름에 싸여 왔나. 무릉도화 범나비인가, 오류문전 꾀꼬리인가. 환해풍파 골몰하여 못 오던가. 산이 높아 못 오던가, 물이 깊어 못 오던가. 산이거든 돌아 오고 물이거든 건너오지, 어찌 그리 못 오던가. 추월이 양명휘하니 달이 밝아 못 오던가.

삼춘고한봉감우(三春苦旱逢甘雨)요 천리타향봉고인(千里他鄕逢故人)이라.[233] 기쁘도다. 이 몸이 죽어져서 후세에나 볼까 하였더니 천만 의외로 오늘 다시 상봉하니 칠 년 큰 가뭄에 빗발 보듯, 구 년 홍수에 햇빛 보듯 반갑기도 측량없네. 오늘 밤 비록 죽어도 한을 할까. 얼싸 좋을시고. 그러하나 그사이 몸이나 일향하옵고 발병이나 아니 났소? 상전벽해수유개(桑田碧海須臾改)[234]라 했지만 저다지도 변할까? 어찌 옛 정리를 잊으시고 말씀조차 그리 하오? 내 몸 구처를 하라시니 그러면 애초에 어찌하여 산천은 쉽게 변해도 이 마음은 변하지 않는다 맹세하였소? 어찌하든지 날 살려주오! 항쇄 족쇄 벗겨주오! 걸음이나 시원히 걸어보세. 나의 몸을 옥문 밖에 내어주오! 세상 구경 다시 하세. 반갑기도 그지없고 기쁘기도 측량없네. 과연 말씀이지 서방님 바라기를 남정북벌 요란할 때의 명장같

이, 개국열토(開國列土) 공신같이 믿고 바랐더니 이제 저 몰골
이 되었으니 애고 나는 죽네! 죽으나 한이 없소. 저 지경으로
내려오니 남의 천대 오죽하며 기한인들 적었을까. 불쌍하고
가련하게도 되었네!"

춘향은 일변 반기며 일변 아득하여 정신이 어질하여 엎드
렸다가, 식경 후 일어나 문틈으로 바라보며, 눈물이 오월 장수
같아서 슬피 울며 말한다.

"사람이 초년에 빈궁하기 또한 예사건마는 서방님 의관이
남루한들 저다지 되었는고? 애고 내 신세를 어찌하리?"

어사가 이 형상을 다 보고 속이 터지는 듯 가슴이 답답하여
들입다 붙들고 싶으나 겨우 참고 대답한다.

"어허, 상투바람[235]으로 다니다가, 임실 읍내의 오려논에 막
대 씌워 세워둔 것을 앞뒤에 사람 없을 적에 가만히 도적하여
쓰고 불이 나게 도망하여 이리 왔지."

춘향이 어미 불러 당부한다.

"애고 어머니, 내 말 듣소! 서방님이 유리걸식할지라도 쓰
고 입는 의관이 선명하여야 남이 천대를 안 하고 정한 음식을
먹이나니, 서방님이 나를 데려갈 제 쓰려고 장만했던 의복, 초
록공단 곁마기며 보라대단 속저고리, 남모대단 홋치마며, 백
방수주 고장바지, 대설후릉 너른 바지, 돈피 저고리, 양피 볼
씨, 갓 토시며, 삼승 두 필이 함롱 속에 들었으니 그것 모두 드
러내어 헐값 방매 탕탕 팔아, 서방님 통영갓, 외올 망건, 당베
도포, 모시 수건 장만하여드리고, 쥘부채 한 자루 비녀 궤에

들었으니, 한편에는 막막수전비백로(漠漠水田飛白鷺)[236]가 그려져 있고, 또 한편에는 음음하목전황리(陰陰夏木囀黃鸝)[237]가 그려져 있으니, 날 본 듯이 보시게 드리고 내 말대로 부디 해주오!"

춘향 어미 이 말 듣고, 독을 내어 말한다.

"주야장천 바라더니 이제는 바라던 길도 끊어지고 기다리던 일도 허사로세. 나는 네 시중을 밤낮으로 들건마는 말 선물뿐이지, 모주 한 잔 먹으라고 돈 한 푼을 주는 일이 이때까지 없더구나. 이 원수 놈은 보자마자 옷 팔아라, 노리개 팔아라, 호사시켜라, 잘 먹여라! 어찌한 곡절인지 좀 알자꾸나. 내 마음대로 할 양이면 단단한 참나무 몽치로 동여매고 주리를 한참 틀면 가슴이 시원할 듯하다."

춘향이 울며 말한다.

"애고, 이것이 무슨 말씀이오. 서방님이 책방에 계실 적에 어떻게 지내었소? 이진정소 배은망덕 나는 차마 못하겠소! 어머니 마음 저러하면 내 몸 하나 없어져서 차라리 불효는 되려니와 마음은 고치지 못하겠소!"

춘향 어미 이 말 듣고 겁내어 농친다.

"속없는 말 듣기 싫다. 네 말이 정말이냐? 낸들 설마 분수없으랴? 요망한 말 다시 말고 안심해라! 너 하라는 대로 다 하면 그만이지."

"어머니, 그러면 나는 마음 놓고 미음 잘 먹겠소."

"여보 서방님, 내 말 듣소. 내일이 본관 생일 잔치니, 취중에 주망 나면 응당 나를 잡아 올려 자복하라고 칠 것이니, 오늘은 집에 돌아가서 나 자던 방을 청소하고 나 깔던 요를 펴고 나 덮던 이불을 덮고 나 베던 베개를 베고 평안히 쉬신 후에, 내일 일찍 나와 나를 치려고 올릴 때에 칼머리나 들어다 삼문 앞에 놓아주소!"

어사가 대답한다.

"애 그는 과연 중난하다. 내 아무리 죽게 된들 칼머리를 어찌 들며 본관이 만일 나인 줄 알면 필연 욕보일 것이니 그것인들 아니 위태하랴? 그때를 보고 할 말이다."

"여보 서방님, 내 말 듣소! 이 위에 한 번만 더 맞으면 북두칠성 일곱 분과 삼태육성(三台六星) 여섯 분이 다투어 명을 주어도 살 가망이 없으리니, 나 죽기도 서럽거니와 나 죽는 모양 보시는 서방님 마음 오죽할까? 적막고혼(寂寞孤魂) 내 신체를 밖으로 끌어낼 것이니 서방님이 삼문 밖에 섰다가 내 신체 나오거든 들입다 덥석 안고 집으로 나와 나 자던 방, 내 금침에 나를 눕힌 후에 서방님두 한데 누워 한 몸이 두 몸 되고 두 입을 한데 대어 서방님 더운 침을 흘려 넣고 한 식경을 누웠다가, 서방님이 말을 하되 '춘향아, 춘향아, 무슨 잠을 이리 깊이 들었느냐?' 하고, 천만 번 불러보나 영영 이별 하릴없다. 귀에 대어 아미타불 세 마디 염불하고 몸이 쾌히 식은 후에 그제야 일어나 시체를 수습하여 홑이불을 보기 좋게 덮어놓고, 나 입던 속적삼을 내어다가 지붕 끝에 올라서서 내 혼백을 부를 때에, 서방님 초성 높여 '해동 조선국 전라좌도 남원부 부내면 향교리' 거하는 곤명 갑인생 김씨 춘향 혼백 불러들여서, 우리 어머니하고 한참 통곡하신 후에 어머니를 부디 불쌍히 여기시오. 그 형상이 어떠하겠소? 대렴과 소렴을 할지라도 명주, 비단 하지 말고 순백목으로 염습하고, 육진장포로 매를 하고, 관일랑 하지 말고 뒷동산에 솔찜하여 두었다가 수삼 삭이 지나면 불어난 것 시체 썩은 물이 무수히 빠질 것이니, 피골이 상접하여 굳어지거든 칠성판(七星板) 한 잎만 바쳐서 아무튼 걸방하여[238] 서방님이 친히 지고 촌촌이 올라가면서, 내 적삼을 가지고 고개마다 올라서서 서방님이 초혼하되, '네 신체를 내가 지고 가니 네 혼백도 무주고혼 되지 말고 나를 따라오너라' 하고, 가끔 적삼만 두르면 내가 혼백이라 해도 즐거워 허공중천 어둑한 가운데 서울까지 따라가리니 서방님 댁 묘 아래 묻어놓고 아무 데라도 묘의 경계 안에 묻어주고, 무덤 앞에 비를 세우고 여덟 자만 쓰되 '수절원사춘향지묘(守節寃死春香之墓)'[239]라 쓰고, 정월 보름, 이월 한식, 삼월 삼질, 사월 시제, 오월 단오, 유월 유두, 칠월 백중, 팔월 추석, 구월 구일, 시월 시제, 동지 섣달, 잡향까지 서방님 산소 출입하실 때에, 제사 지낸 후 물린 음식을 내 무덤에 옮겨놓고 서방님이 친히 와서 배불리 흠향하라. 이렇듯이 해주시오면, 내가 비록 유명이나 감축하여 즐겁고 조화하여 춤을 추고 만수무강 축원하며 서방님 원래 시에 자취 소리, 음성이나 들어보세. 애고 애고, 설운지고! 나 죽어 없다 말고 글공부 착실히 하여 아무쪼록 급제하여 이 원한을 풀어주오! 애고 애고 설움이야, 이를 어찌 한단 말인고!"

어사가 목에 침이 마르며 말한다.

"옛말에 '극성즉필패(極盛則必敗)'[240]라 일렀으되 본관이 네게 너무 기승을 피웠으니 무슨 낭패 볼 일이 있을 줄 어찌 알리? 울지 마라. 울지 마라. 너도 세상 볼 날이 아니 있으랴?"

어사가 입맛 다시고 옥문 틈으로 손을 넣어 춘향의 손을 마주 쥐고 말한다.

"너무 서러워 마라. 입이나 좀 대어보자."

옥문 틈으로 맞추려 한들 그림 속의 꽃이로다. 이런 때에는 황새 자식이나 되었다면 좋을 뻔했다. 어사가 하릴없이 물러서서 혼잣말로 이를 간다.

"이놈, 내일 생일 잔치 할 양이면 내 솜씨로 출두하여 급경풍(急驚風)[241]을 몰아다가 만경창파 오리를 만들리라."

마음이 떨리고 뼈가 저리고 눈에 불이 난다. 돌절구도 밑이 빠지고 마루 구멍에 볕이 든다.

"이놈, 매양 기승할까 어디 보자!"

강개하여 탄식하고, 춘향을 이별하고 돌아서니 장부의 간장이 다 녹는구나. 춘향 어미 따라간다. 춘향이 보는 데서는 천연스레 데리고 오더니, 한 모퉁이 돌아서서 부드럽게 말한다.

"서방님, 어디로 가려 하오?"

"집으로 가지."

"이것이 소위 두레질이오. 집 없는 줄 번연히 알면서 집이

152

란 말이 웬 말이오? 환상 사채 주어 쓰고 못 바쳤더니 약속 날이 한 번 두 번 지나감에 접때 약정하고 면임이 나와서 관청에서 뺏어갔는데 어디로 가자 하오?"

"그러면 자네가 그 집에 있던 것은 무슨 일인고?"

"경신년 글강 외듯 하라 하오? 거기 깨어진 노구 찾으러 갔다가 공교히 똑 만났지요."

"그러면 자네는 어디 가 있나?"

"글쎄요. 과붓집 같은 데, 홀어미집 쪽으로 다니면서 불씨나 거두어주고 눌은밥이나 얻어먹지요"

"이 사람아, 그리하면 자네 가는 데 나도 한가지로 가세."

춘향 어미 깜짝 놀라 말한다.

"난장 맞고 발가락 뽑히고 나까지 쫓겨나 노중에서 자게 하려는가? 실없는 말 다시 말고 여각 쪽으로나 가서 보지."

어사가 어이없어 뒤따라 돌아서서 객사의 공청을 찾아간다. 새벽에 문을 나서 군관, 서리, 역졸들이 입짓으로 뒤를 따라 청운사로 들어가니, 각 읍의 폐인염탐(弊人廉探)하러 변복으로 다 모였다. 담배 장사, 미역 장사, 망건 장사, 파립 장사, 향우 장사 같은 걸객이라. 밤중에 딴방 잡아 불을 켜고, 오십삼 관아 염문기(廉問記)[242]를 조목조목 쓰고는, 일행들과는 모일 모역 모장으로 날짜를 잡아 약속을 하고, 금일 오후 본부의 생일 잔치에서 어사가 부채 펴서 들거들랑 출두하고 들어오라 약속을 정한 후에, 날이 밝자 일어난다.

어사는 춘향이 백 번이나 당부하던 옥문 밖은 아니 가고 관문 근처 다니면서 잔치 낌새 살펴보니, 생일 잔치 적실하다.

백설 같은 구름에 차일 보계판(補階板)²⁴³⁾도 높을시고, 왜병풍에 모란병을 좌우에 둘러치고, 화문등매(花紋登梅)²⁴⁴⁾ 채화석에 만화방석(滿花方席)²⁴⁵⁾ 보료로다. 사초롱〔紗燭籠〕 양각등(羊角燈)에 유리등을 홍목(紅木)으로 줄을 하여 휘황하게 걸어놓고, 청홍사(靑紅紗) 사초롱을 서까래 수대로 총총 걸어두고, 샛별 같은 요강, 타구, 용촛대, 놋촛대를 여기저기 벌여놓고, 인근 읍 수령들이 차례로 모여올 때, 인마가 이어져서 당상에는 부사현감, 당하에는 만호별장, 임실현감, 구례현감, 고부군수, 전주판관, 함열현감, 운봉영장 등이 청천에 구름 모이듯, 용문산에 안개 피듯 사면으로 모여드니, 위풍이 엄숙하고 호령이 서리 같다.

차례로 벌여 앉으니, 아이 기생은 녹의홍상을 입고 어른 기생은 전립을 쓰고 좌우에 벌여 서고, 거북 같은 거문고, 가야금, 양금, 생황, 삼현 소리가 반공에 어리었다.

주안상을 들이면서 슈배숙에 귀주가라 흥에 겨워 한창 놀 때, 입춤 후에 검무 보고, 거문고가 남창이며 해금과 젓대가 여창이라.

이렇듯 즐길 때에 저 걸인의 거동 보소. 두루 돌아다니면서 혼잣말을 한다.

"아마도 이 놀음이 고름 되리로다! 이놈의 자식들 잘 호강한다. 실컷 놀아라. 얼마나 노느냐? 매우 잘 노는구나!"

그러며 얼굴 형상 검게 하고 주적주적 들어간다.

"여쭈어라, 사령들아! 멀리 있는 걸객이 좋은 잔치 만났으니 술잔이나 얻어먹자."

진퇴하여 들어가니 좌상에 앉은 수령이 호령한다.

"이것이 어인 걸객이냐? 바삐 집어내어라!"

뭇 사령이 달려들어 등 밀거니 배 밀거니, 팔도 잡고 다리도 잡고, 뺨도 치며 멱살 끌며 말한다.

"이분네 어디를 들어오시오. 바삐 나가라니까."

배추밭의 똥덩이처럼 밖으로 내쫓으니, 어사는 분기가 하늘을 찌르나 십분 참는다. 어사라도 할 수 없어 뒷문으로 가서 보니 거기도 혼금이 대단한지라, 들어갈 길이 전혀 없다. 한 모퉁이에 앉았다가 옆에 앉은 노인에게 말한다.

"이 사또 소문 들으니 치민선정 유명하여 백성들이 만세불망(萬世不忘) 선정비(善政碑)를 세운다 하니 그러할시 분명한지?"

"예, 이 사또요? 공사는 잘하는지 못하는지 모르거니와 참나무 휜 듯하니 어떻다 할지요?"

"그 공사 이름이 무슨 공사라 하는지?"

그 사람 하늘을 쳐다보면서 크게 웃으며 말한다.

"그 공사 이름은 쇠코뚜레 공사라 하지요. 원님의 욕심이 어떤지 모르거니와 곡식, 돈과 베를 다 고무래질하여 들이니 어떠한지요? 색에는 굶주린 귀신이요, 정치에는 똥주머니라. 아무래도 바닥 첫째는 가지요. 이번에도 사십팔 면 가가호호에서 백미 삼 승 돈 칠 푼에 계란 세 개씩 거두어 잔치하니 거록하고 무던하지요."

어사가 듣고 앉았더니, 문 지키는 하인들이 어사에게 말한다.

"우리 잠깐 입시(入侍)하고 올 사이에 아무라도 들어가거든 이 채찍으로 먹여주고 문을 착실히 보아주오. 잔치 파한 후에 음식이나 많이 얻어주오리다."

"글랑은 염려를 아주 놓고 가라니까."

하인들이 들어간 사이에 한 사람이 들어가려 하고 기웃기웃하기에 어사가 말한다.

"떠들썩한 틈 좋은 판에 아니 들어가고 무엇 하리. 저기 있는 아이들아 내 알 것이니 모두 들어가 구경하라!"

마음대로 터놓으니 과거 보러 들어가는 선비처럼 뭉게뭉게 뒤끓어서 함부로 들어가거늘, 어사 또 섞여 들어가며 말한다.

"좋다, 잘 들어온다! 한 모퉁이 치워라!"

죽층교(竹層橋) 보계판(補階板)으로 부쩍부쩍 올라가니 좌중의 수령들이 하인 불러 호령할 때, 운봉영장이 곁눈으로 어사를 잠깐 살펴보니 무쌍(無雙)의 영걸(英傑)로 삼십에 승상이요, 팔십에 태사가 될 관상이다.

운봉영장이 마음에 놀라고 의심하여 본관에게 말한다.

"여보시오, 그분을 보아하니 의복은 남루하나 양반일시 분명하오니 우리네가 양반을 대접하지 않으면 누가 한단 말이오니까?"

그러고는 일변 청하여 말석에 자리를 준다.

156

"이 양반, 예 앉으시오!"

어사가 이 말 듣고 말한다.

"그야 양반이로고! 같은 양반을 아끼니 운봉이야 참 사람을 아는가."

그러며 부쩍부쩍 상좌로 올라가 본관 곁에 앉아서 진똥 묻힌 두 다리를 앞으로 펴 보인다. 본관이 혀를 차며 말한다.

"게도 눈이 있지. 다리를 어디다가 뻗는가? 도로 오그리라니. 어허, 운봉은 야릇하겠다."

어사가 대답한다.

"여북하면 그러겠소. 내 다리는 뻗기는 하여도 임의로 오그리지 못하오."

어사가 그대로 앉았더니, 운봉이 민망하여 옆자리로 청하니 좌중에 큰 상이 든다.

수파련(水波蓮)에 갖은 가화(假花) 각색지물(各色之物)의 다담상이 차례로 들어오는데 어사 공복이라 음식 보고 시장이 솟구치니, 좌중에 대고 말한다.

"상좌에 말씀 올라가오! 지나가는 걸객이 복공이 매우 심하니 요기시켜 보내시오!"

운봉영장이 하인을 불러 말한다.

"상 하나를 가져다가 이 양반께 바쳐라!"

귀신 같은 아이놈이 상 하나를 들여놓자 어사가 눈을 들어 살펴보니, 끝이 닳아빠진 소반에 뜯어 먹던 갈비 한 대, 대추 세 개, 생률 두 낱, 소금 한 줌, 장 한 종지에 절인 김치 한 보시기, 모주 한 사발, 국수 한 그릇 덩그렇게 놓였거늘, 남의 상을 보고 내 상을 보니 없던 심정이 절로 난다.

가장 실수하는 체하여 한복판에 상을 뒤집어놓고 어사가 말한다.

"아차 이 노릇 보게. 먹을 복이 못 되나 보다."

어사가 두 소맷자락으로 엎어진 모주를 묻혀다가 좌우 벽에 뿌리고 좌우 수령에게 함부로 대고 뿌리니, 모든 수령이 말한다.

"어허, 이것이 무슨 짓이란 말인가. 미친 손이로군!"

어사가 말한다.

"온통 젖은 내 손도 있소. 약간 튀는 것이야 그것으로 관계할까?"

어사가 거듭거듭 뿌리거늘, 운봉이 민망하여 받았던 상 물려놓고 권하자 어사가 말한다.

"이것이 웬일이오?

운봉이 답한다,

"염려 말고 어서 잡수시오! 내 상은 또 내오지요."

어사가 상을 받아놓고 트집을 잡는다.

"통인, 여봐라! '상좌에 말씀 한마디 올라가오' 하여라. 내가만히 보니 어떤 데는 기생으로 하여 권주가로 술 들이고, 또 어떤 데는 기생 권주가는 고사하고 떠꺼머리 아이놈으로 하여 얼렁뚱땅하니 어찌 된 일인지? 술이라는 것은 권주가 없으면 무맛이라. 그중 기생 된 년으로 하나만 내려보내시면 술 한 잔 부어 먹겠나이다."

본관이 책망한다.

"그만하면 만족할 일이거든 또 기생을 안주로 하고, 어허 이상한 손이로군!"

운봉이 기생을 하나 불러 말한다.

"약주 부어드려라!"

그중 한 년이 마지못해 술병 하나 들고 내려오니, 어사가 말한다.

"너 묘하다! 권주가 할 줄 알거든 하나만 하여 나를 호사시켜보라!"

그 기생이 술을 부어 들고 외면하며 말한다.

"기생 노릇은 못하겠다. 비렁뱅이도 술 부어라, 권주가가 웬일인고? 권주가가 없으면 목구멍에 술이 아니 들어가나?"

그러고는 혀를 차며 권주가를 한다.

"먹으시오 먹으시오. 이 술 한 잔 먹으시오!"

"여봐라, 요년 네 권주가 본이 그러하냐? 행하 권주가는 이러하냐? 잡수시오라는 말은 생심도 못하느냐?"

그 기생이 독을 내어 종알거린다.

"애고 망측하여라. 성가시지 아니하오. 잘하여주오리다. 처박으시오, 처박으시오! 이 술 한 잔 처박으시오! 이 술 한 잔 처박으시면 오래오래 살 것이니 어서 드시오!"

어사가 그년의 얼굴을 익히고 말한다.

"에라, 요년 아서라!"

어사가 술 마시고, 음식상 끌어다가 주린 판에 비위 열려 순식간에 하나도 남기지 아니하고 다 휘몰아 떠넣고, 또 상좌에 알린다.

"사월 팔일에 등 올라가오. 음식은 잘 먹었소만 또 괘씸한 입이 시어 못쓰겠소. 저 초록 저고리에 다홍 치마 입은 동기 좀 내려보내오면 호사판에 담배까지 붙여 먹겠소."

운봉이 기생을 불러 말한다.

"붙여드려라!"

그 기생이 내려오며 말한다.

"그래도 수컷이라고 제반 악종의 소리를 다 하네. 운봉 안전은 분부 한몫 맡았나? 담뱃대 내시오!"

어사가 골통대를 내어주자 그 기생이 담배 한 대 떼어내어 붙여주니, 어사가 한 대 받으며 말한다.

"이리 오너라, 절묘하다! 게 앉았다가 한 대 더 붙여다오."

어사가 기생의 손목을 쥐고 앉았는데, 뱃속에서 별안간에 장악원(掌樂院)에서 육자비를 연주하는 소리처럼 '똥똥 쭈르륵 꼴꼴 딱딱' 별 소리가 다 나더니, 뱃속이 꿈틀하면서 방귀가 나오려 하며 밑구멍을 뚫는지라. 발뒤꿈치로 잔뜩 괴었다가 슬며시 터놓으니 푸시시 그저 계속해서 연속으로 나오는지라. 방귀 내가 온 동원에 다 퍼지니 구린내가 독하든지 말든지 곧 코를 쏘는지라. 좌중이 저마다 코를 가리고 웅 소리가 연속한다.

본관이 호령한다.

"이것이 필연 통인 놈의 조화라도, 사실을 조사하여 바삐 내치라!"

어사가 말한다.

"통인은 애매하오. 내가 과연 방귀자루인지 꿰었소."

그리고 한번 통한 후에는 그저 무한 슬슬 퉁퉁 꿰어버리니 온 동헌이 다 구린내다. 모든 수령들이 혀를 닮아 차며 운봉의 탓만 한다.

본관이 취흥을 못 이겨 주담을 한다.

"여보 임실, 나는 묘리 있는 일이 있소. 심심할 때면 이방 놈과 모든 세금 부정 방법을 이용하여 단둘이 반씩 나누니 그런 재미 또 있는가? 여보 함열현감, 준민고택(浚民膏澤) 맡자 하였더니 할 밖에는 없는 것이, 정 없는 별똥이 근래에도 무수하고 궁교빈족 걸패들이 끊일 때 전혀 없어 주야 생각하니 환자 묘리도 할 만하고, 또 사십팔 면 부민들을 낱낱이 추려내어 좌수 임명장과 풍헌 임명장, 아전의 자리바꿈 같은 것 내어주면 은근한 묘리가 있고, 또 봄이면 민간에 계란 하나씩 내어주고 가을이면 연계 한 마리씩 받아들여 수합하면 여러 천 마리 마뜩하고, 흉년이면 관포 받고 헐가 주기, 이런 노릇 아니하면 지탱할 길 과연 없소."

운봉영장이 말한다.

"여보 본관, 객담 말고 이와 같은 성연에 풍월구나 하십시다."

좌우 수령이 좋다 하고 시축지(詩軸紙)를 내어놓고 운을 내

어 지을 때, 어사또가 말하기를,

"상좌에 말씀 올라가오. 내 비록 걸인이나 오늘 우연히 좋은 잔치 만나 배불리 얻어먹고, 그저 가기 무미하니 필묵 종이 빌려주시면 차운이나 하오리다."

좌우 수령이 속으로 웃는다.

'저 꼴에 글이라니?'

운봉영장이 만류한다.

"문무귀천 상사로다."

문방사우(文房四友) 가져다가 어사 앞에 놓아주니, 어사가 붓을 들고 순식간에 지어낸다.

"금준미주(金樽美酒)는 천인혈(千人血)이요 옥반가효(玉盤佳肴)는 만성고(萬姓膏)라.[246] 촉루락시(燭淚落時)에 민루락(民淚落)이요, 가성고처(歌聲高處)에 원성고(怨聲高)라.[247]"

어사가 이 글 지어 모든 수령에게 아니 뵈고, 운봉에게만 넌짓 뵈고 말한다.

"노형은 먼저 가시오!"

운봉이 눈치 알고 본관에게 알린다.

"나는 백성 환자 주기 바빠 먼저 돌아가오."

전주판관이 또 알린다.

"나는 미진한 공사 있어 먼저 가오."

고부군수가 말한다.

"나는 학질을 앓아 제때가 되면 못 견디어 먼저 가오."

본관이 취중에 골을 말한다.

"낙극진환(樂極盡歡)[248]이라 했거늘 종일토록 놀지 아니하고 공연히들 먼저 가니, 남의 잔치 파흥이라. 이상한 자식들, 지랄이 났나 보다. 좌중의 여보시오, 가는 이는 가거니와 우리나 홀가분하게 노십시다."

이렇듯 삽시간에 갈 사람은 다 떠나간다.

이때 삼방하인 맞춘 때가 다가오니, 관문 근처 골목마다 파립 장사, 망건 장사, 미역 장사, 향우 장사가 각각 외며 돌아다녀 삼방하인이 손을 치니 군관 서리 역졸들이 청전 띠를 둘러 띠고 홍전립을 젖혀 쓰고 마패를 빼어들고 삼문을 꽝꽝 두드린다.

"이 고을 아전 놈아! 암행어사 출두로다. 큰문을 바삐 열라!"

한편으로 봉고(封庫)하고[249] 우지끈 뚝딱 두드리며 급히 쫓아 들어온다.

"암행어사 출두하오!"

이 소리 한마디에 태산의 범이 울고, 청천에 벽력이 친다. 기왓골이 떨어지고 동헌이 터지는 듯하며, 놀음이 고름이요, 삼현이 파면이요, 고래가 모래 되고, 배반이 현반이라. 좌우 수령의 거동 보소. 겁낸 거동 가소롭다. 언어 수작 뒤엉켜 한다.

"갓 내어라 신고 가자! 목화 내어라 쓰고 가자! 나귀 내어라 입고 가자! 창의 잡아라 타고 가자! 물 마르니 목을 다고!"

임실현감이 갓모자를 뒤집어쓰고 말한다.

"이놈들 허무한 놈, 갓 구멍을 막았네!"

하며, 칼집 쥐고 오줌 누니, 오줌 맞은 하인들이 겁결에 말한다.

"요사이는 하늘에서 더운 비를 주나 보다."

고부군수는 쥐구멍에 상토 박고, 구례현감이 말을 거꾸로 타고 하인에게 묻는다.

"이 말 목이 본래 없나?"

여산부사가 오줌을 싸고 말한다.

"문 들어온다, 바람 닫아라!"

말이 빠져 이가 흩날린다. 굴뚝 뒤에 숨었다가 개구멍으로 달아난다.

이렇듯 덤벙일 때, 본관 원님은 똥을 싸고, 실내부인도 똥을 싸고, 서방님도 똥을 싸고, 도련님도 똥을 싸고, 소인네도 똥을 싸고, 온 집안이 똥빛이라, 이를 어찌하리.

남원부사가 말한다.

"그러하면 발 잰 놈을 바삐 불러 급히 왕십리에 가서 거름 장사 있는 대로 성화같이 잡아오게 하라!"

배반이 낭자한데, 몽둥이 찬 놈이 이상하다. 장구통도 깨어지고, 큰 북통도 깨어지고, 해금통도 깨어지고, 피리 젓대도 짓밟히고, 거문고도 깨어지고, 양금 줄도 끊어지고, 교자상도 부러지고, 화충항(華蟲缸)도 깨어지고, 찬합도 흩어지고, 준화 가지도 부러지고, 다담상도 기울어지고, 화기병도 다 부러지고, 양각등도 다 족치고, 사초롱도 미어지고, 그런 잔치 다 파하니 동헌이 일공이라. 좌수 이방이 지독한 곤경으로 발광하고, 삼번관속 육방 아전이 된 벼락을 맞았구나. 내외 관아는 똥빛으로 진동한다. 삼공형 삼향소를 우선 형추정배하고 본관은 봉고파출(封庫罷黜)하여 지경 밖에 내친다.

어사의 거동 보소. 동헌 대청에 독좌하고 삼방하인에게 분부하여 좌기 절차 급히 할 때, 대기치 나열하고, 삼공형 불러 들여 읍폐(邑弊) 묻고,[250] 도서원 불러 전결(田結) 묻고,[251] 사창 관리자 불러 곡부(穀簿) 묻고,[252] 군기빗 불러 군장복색 집책(執冊)한다.[253]

형추(刑推)를 일차 맹타하여[254] 방송하고, 예방 불러 불효자, 삼강오륜 어긴 죄인들을 원찬하고, 형방 불러 살옥을 묻고, 이런 분부 다 한 후에 옥사장을 바삐 불러 말한다.

"옥에 갇힌 춘향에게 옥사장 손이 닿지 않게 하고, 모든 기생을 나란히 바삐 대령시켜라!"

옥사장이 청령하고, 옥문 열쇠 손에 들고 옥문 밖에 바삐 가서 열쇠를 거꾸로 넣고 말한다.

"어허, 성화하겠다. 어찌 아니 열리는가."

잇따라 재촉이 뇌정 같은지라. 옥사장이 할 길 없어 발로 박차 문을 깨고, 엎어놓고 손을 친다.

"어서 이리 나오너라! 어서 바삐 나오너라!"

해포 묵은 죄수들이 뭉게뭉게 다 나온다. 옥사장이 발광한다.

"어허, 바삐 나오너라!"

오래된 죄수들이 의논한다.

"국가의 경사 있어 옥문을 열었나 보다."

그저 함부로 꾸역꾸역 다 나오니 옥문이 온통 비었구나. 옥사장이 성화한다.

"이놈들, 나오지 말라!"

그리고 일변 고개를 들이밀며 말한다.

"어서 바삐 나오너라. 사람 죽겠다, 너만 어서 나오너라!"

오래된 죄수들이 어이없어 말한다.

"누구를 나오라느냐?"

"성화하겠다. 저 아이만 나오너라!"

"저 아이가 누구냐?"

"춘향이만 나오너라!"

춘향이 이 말 듣고 혼이 없어 나오면서 말한다.

"애고 이제는 나 죽겠네! 서방님은 어디 가고 이때까지 아니 오나?"

춘향 어미가 들입다 잡고 말한다.

"애고 애고 달아났다. 이제는 아주 갔다. 반 점도 생각 마라. 밥을 하여 많이 주니 마파람에 게눈이라. 애고 그놈 잠을 잘 때, 동냥꾼이 분명하더라. 새우잠에 이를 갈고 기지개 잠꼬대에, 한 술 주옵소서, 돈 한 푼 조일하오, 한두 번이 아닐러라. 만일 읍중 사람들이 그놈인 줄 알 양이면, 손가락질 지목하여 춘향의 서방, 춘향의 서방 할 양이면, 이 아니 부끄러우냐? 아서라, 생각 마라. 눈꼴을 보아하니 소도적놈이 다 되었

더라. 이 집 저 집 다니다가 남의 것을 슬쩍 훔치면 그런 우환
또 있느냐? 만일 다시 오거들랑 아주 단단히 마음먹고, 오늘
좌기에 물으면 단번에 허락하면 어찌 아니 좋을까? 물라는 쥐
나 물지, 수절이 무엇이냐?"

춘향이 울며 대답한다.

"애고 그 말 듣기 싫소! 그 말 그만 하오! 죽는 것밖에 할 일
없소."

좌우편을 살펴보나 서방님이 간데없다.

춘향이 통곡한다.

"애고 이를 어찌할꼬? 죽기를 한하여 이를 갈고 엄형을 받
으나 부모유체를 아끼지 아니하고 형장 끝에 다 썩어 뼈만 남
도록 수절하더니, 건곤천지 우주간에 이런 일도 또 있는가. 서
방님은 어디 가서 나 죽는 줄 모르는고. 죽도록 그리다가 명천
이 감동하사 생전에 겨우 만나 잠시라도 얼굴을 대함에 죽어
도 한이 없으리라. 나 죽는 양 친히 보고 남의 손 빌리지 말고
장례나 하여줄까. 신신 부탁하였더니 끝끝내 내 마음과 같지
않아 야속하기 측량없네. 서방님마저 날 버리니 누구를 믿고
살란 말인고? 나는 이리 애를 태워 죽건마는 서방님은 장부시
라, 아무래도 여자의 간장 같으리오. 나 죽는 꼴 보기 싫어 아
니 오나. 어디로 가 계시는고? 오수장에 가 계신가. 죽는 것밖
에 할 일 없다. 애고 애고 설움이야!"

춘향은 칼머리를 앞으로 와락 빼어 뒤로 털썩 주저앉아, 두
다리를 펴버리고 크게 통곡한다.

"애고 이제야 나는 죽네. 천지일월성신들아, 오늘날에 나는 죽소. 산천초목 금수들아, 오늘날에 나는 죽네!"

춘향이 눈을 번쩍 뜬다.

"광한루야 나 죽는다. 오작교야 나 죽는다! 당초에 너로 하여 도련님을 만났더니, 오늘날에 이별하니 언제 다시 만나보리. 광한루야 잘 있어라, 오작교야 너는 만팔천세를 누리려니와 내 인생은 오늘뿐이로다. 향단아, 어머님 모시고 잘 있어라. 아무 때나 서방님 오시거든 나 없다고 괄시 말고 잘 대접하고 나의 세세한 말 자세히 하여다오!"

향단이 통곡한다.

"그 말 마오, 듣기 싫소!"

"애고 애고 설운지고! 어머니 나 죽은 후에 어찌 살려 하오?"

춘향이 드디어 혼절하여 칼머리를 안고 거꾸러지니, 뭇 기생이 달려와 들어다가 동헌 뜰에 내려놓고 춘향이 기절했음을 아뢰오니, 어사가 수노를 불러 분부한다.

"아까 놀음 놀던 기생들을 하나도 남기지 말고 다 점고하라!"

수뇌 놈이 분부 듣고 소리 높여 점고한다.

어사가 분부한다.

"너희는 바삐 가서 춘향이 쓴 칼머리를 이로 물어뜯어 즉시 다 벗기라!"

이는 아까 기생들을 괘씸히 본 까닭이라. 기생들이 달려들어 젊은 년은 이로 뜯고 늙은 년은 혀로 핥아 침만 바른다.

"저년은 왜 뜯는 것이 없느냐?"

"예, 소녀는 이가 없어 침만 발라 축여놓으면 부풀어서 젊은 것들이 뜯기 더 쉽사외다."

이렇듯이 뜯으면서 어림 아는 약은 것은 수군수군한다.

"춘향아, 내 거번에 산삼으로 좁쌀 미음 하여 보내었더니 먹었느냐?"

한 년이 달려들어 말한다.

"일전에 실백자 죽 쑤어 보내었더니 보았느냐?"

또 한 년이 말한다.

"며칠 전에 편강 한 봉 보내었더니 보았느냐?"

또 한 년이 말한다.

"저 거시기, 밤콩 볶아 보내었더니 보았느냐?"

이렇듯이 공로를 내세우니, 어사가 호령한다.

"요괴로운 요년들아! 무슨 잡말들 하느냐? 칼을 바삐 벗기어라!"

호령에 바람이 일어나니 기생들이 겁을 내어 망사하고 뜯을 때에 뭇 개들이 뼈다귀 뜯듯, 늙은 범이 개새끼 뜯듯, 뜨덤뜨덤 뜯어내는데, 이 빠진 년, 입술 터진 년이 볼따구니 뚫어지고 턱 아래도 벗어지며 죽을힘을 다 들여서 즉각 칼 벗기니, 불쌍하다 연지 같은 저 춘향이 기절할시 분명하다. 어사가 갈팡질팡하며 의원을 불러 약 짓는다.

"김 주부야 살려주소! 이 주부야 살려주소!"

여러 의원 공론하여 명약을 짓는다.

생맥산(生脈散), 통성산(通聖散), 회생산(茴生散), 패독산(敗毒散), 함부로 명약(命藥) 내어 바삐 다려 퍼붓자 만고열녀 춘향이가 회생하여 일어나니, 어사 또한 상쾌하여 정신이 쇄락하고 마음이 낙락하여 희불자승이라. 즉시 내려가 춘향을 붙들고 싶으나 한번 속여보려 하고 음성을 바꾸어 분부한다.

"노류장화는 인개가절이라, 들으니 너만 창기 년이면서 수절을 아니한다 하니 수절이 무슨 곡절인고? 네 본관 사또 분부는 아니 들었거니와 오늘 내 분부도 시행 못할까? 너를 이제 석방하여 수청으로 청하는 것이니 바삐 나가 소세하고 빨리 올라 수청을 들라!"

춘향이 이 말 듣고 움쭉 소스라친다.

"애고 이 말이 웬 말이오? 조약돌을 면하였더니 수만 석을 만났구나! 도마 위의 고기가 되었으니 칼을 어찌 두려워하리. 용천검 드는 칼로 베려거든 베시고, 착고(着錮)를 이은 수레 꾸며 발기려거든 발기시고 울사 전복을 봉무양으로 오리듯 오리려거든 오리시고, 깎으려거든 깎으시고, 기름 끓여 삶으려거든 삶으시고, 갖은 양념 주물러서 절이려거든 절이시고, 구리 기둥에 쇠를 달구어 지지려거든 지지시고, 석탄에 불을 피워 구우려거든 구우소서. 조롱 말고 어서 바삐 죽여주오. 본관 사또 불량하여 송백 같은 나의 절개 앗으려고 수삼 년간 나를 옥에 넣어 반귀신을 만들었소? 금석 같은 백년가약이 변괴라고 엄형중치하여 나를 산송장을 만들었소? 죽기만 바라다가 천우신조하여 어사 사또 좌정하니, 하늘 같은 덕택과 명정하신 처분을 입어 살아날까 축수하더니, 사또 분부 또한 이러하시면 다시 무엇이라 아뢰오리까. 얼음 같은 내 마음이 이제 와서 변하겠소. 어서 바삐 죽여주오!"

눈을 감고 이렇듯이 악을 쓰니, 어사 이 말 듣고 박장대소하며 칭찬한다.

"열녀로다, 열녀로다! 춘향의 굳은 절개는 천고에 무쌍이요, 아름다운 의기는 고금에 없으리라!"

그러고는 서안을 치며 크게 칭찬한다.

"아름답다, 절개로다! 기특하고 신통하다! 아리땁고 어여쁘다! 절묘하고 향기롭다! 반갑고도 기쁘도다! 어이 저리 절묘하냐? 눈을 들어 나를 보라! 내 얼굴도 이 도령과 같으니라."

춘향이 혼미 중이나 음성이 귀에 익고 말소리 수상한지라, 눈을 잠깐 들어 쳐다보니 수의어사가 잊지 못할 낭군이 정녕하다. 천근같이 무겁던 몸이 우화이등선(羽化而登仙)[255]이라. 춘향이 한번 솟아 뛰어올라 어사를 들입다 덥석 안고 여산 폭포에 돌 구르듯 데굴데굴 구른다.

"얼싸 좋을시고. 이것이 꿈인가 생신가. 전생인가 이생인가? 아무래도 모르겠네. 조화옹의 작법인가, 천우신조하였는가? 좋고 좋고 좋을시고, 어사 서방이 좋을시고. 세상 사람 다 듣거라. 청춘금방괘명(靑春金榜卦名)[256]하니 소년등과 즐거운 일, 동방화촉 노도령이 숙녀 만나 즐거운 일, 천 리 타향 고인 만나 즐거운 일, 삼춘의 가뭄에 단비를 만나 즐거운 일, 칠십 노인 구대독신 생남하여 즐거운 일, 수삼천 리 정배된 죄인이 큰 사면을 만나 즐거운 일, 세상에 즐거운 일 많건마는 이런 일도 또 있는가. 실낱 같은 내 목숨을 어사 낭군이 살렸구나. 좋을 좋을 좋을시고, 저리 귀히 되었구나. 어제의 유걸객(流乞客)이 오늘날 수어사(繡御使)라. 어제 잠깐 만났을 때 조금이나 일깨우지 그다지도 속였는고. 허 판수의 용한 점은 천금이 싸리로다!"

어사가 화답한다.

"무릉도원(武陵桃源) 화총중(花叢中)에 호접 오기 제격이요, 영주 봉래 산신산에 신선 오기 제격이요, 소상강 동정호에 기러기 오기 제격이요, 악양루 등왕각에 시인 문사 오기 제격이요, 빙옥 열녀 춘향에게 어사 오기 제격이라!"

이렇듯 즐기면서 음식상을 한데 받고, 지낸 말을 서로 하며 즐거움을 이기지 못한다.

이때 춘향 어미는 춘향의 형상 보기 싫어 집으로 돌아있다가 마음이 산란하여 도로 나와 해남포, 당포 빨러 냇가에 갔다가, 이 소문을 듣고도 영문을 모른 채 즐겁기만 측량없다. 빨래 그릇에 물까지 담아 이고 말한다.

"애고 내 딸 기특하다! 애고 내 딸 착한지고! 어사 사위가 뜻밖이라."

강동강동 뛰놀 때에 인 그릇의 밑이 빠져 물을 모두 내리쓴다.

"아차, 급히 이느라고 물 담은 줄 잊었구나! 요 몰골을 어찌 하리. 오냐, 가만있거라. 어사 사위 얻었으니 옷 한 벌이야 어디 가랴?"

춘향 어미가 미친 듯이 뛰논다.

"좋고 좋고 좋을시고, 어사 사위가 좋을시고! 지화자 좋을시고!"

즐거움을 못 이기어 강동강동 뛰논다.

"강동에 범이 드니 길날아비 훨훨,[257] 소주 한 잔 먹었더니 고갯짓이 절로 난다. 탁주 한 잔 먹었더니 엉덩춤이 절로 난다."

그러고는 우선 관속들에게 난폭하게 군다.

"발가락을 부러뜨릴 놈. 머리끝부터 주리를 틀까. 삼번 관속 다 나오소. 술값 셈도 지금 하고 죽값 셈도 마저 하세. 자네들 내 돈 떼먹고 아니 줄 건가."

총총 걸어 관문으로 들어갈 때 관속들이 절하며 말한다.

"아주머니, 그새 안녕하시오?"

"이 사람들, 요사이 문 지키는 사람은 수들이 그다지 센가? 그리들 마소."

"그렇지 아니하니, 없소, 망령이오? 그럴 리가 있습니까?"

관노 한 명이 나오면서 말한다.

"여보시오, 자친네, 이 애 일은 우리 애 일처럼 그리 기쁠 수 없소."

"이 사람 웃지 마소. 이제야 말이지 어제 이 서방이 우리 집으로 찾아왔는데 그 꼴이 순전 거지라. 우리 애는 그래도 차마 박대를 못해 잘 대접하였지. 나는 꼴 보기가 싫어 밖으로 따돌려 보내었더니 저라도 염치 있어 그 길로 달아났느니라. 오늘 아침에 내가 아기더러 자세히 이르고 다시는 생각 말라고 하며, 만일 본관이 다시 묻거들랑 방수 들라 하였더니, 저도 그 꼴 보고 어이없어 샐쭉하고 하릴없이 여겨 어사의 수청 들었나 보오. 지금 당하여 잘된 셈이라. 만일 본관에게 곧 허락하였다면 외양간이 되었을 것을. 요런 깨판 또 있는가? 이제는 기탄없으니, 이 서방이 온다 한들 이런 소문 듣게 되면 무슨 낯으로 다시 올까? 애고 그런 흉한 놈을 이제는 아주 내쫓아야지."

아전 한 명이 달려오며 말한다.

"이 어사가 전등 책방 이 도령이요. 철도 모르고 이리 굴다가 큰일 나리. 들어가서 뒤 도리를 잘 치소! 늙은 몸의 팔자 좋게 되었네!"

춘향 어미가 말한다.

"아니외다. 그런 말씀 다시 마오. 서울 놈이 음흉하여 가짜 어사로나 다니면 모르거니와 수의어사야 제집 조상 중에나 있으리까?"

아전이 머리를 썰썰 흔들면서 말한다.

"아예 이런 말씀 다시 마오!"

이렇듯이 수작하며 한결같이 춤을 추고 동헌으로 달려간다.

"지화자 좋을시고! 춘향아 거기 있느냐, 없느냐?"

춘향 어미가 말하며 어사를 쳐다보니, 어제 왔던 걸객이다. 마른하늘에 된 벼락이 어디에서 내려오나, 기가 막혀 벙벙하고 그만 털썩 주저앉아 아무 소리도 못한다. 어사가 내려다보고 웃으며 말한다.

"이 사람 춘향 어미, 요사이도 집 팔기를 잘하나? 오늘도 과붓집에서 오나?"

춘향 어미 속이 부쩍부쩍 죄어오건마는 그래도 먹은 값이 있고 둘러대기를 잘하기에, 엉큼한 마음에 두루쳐 대답한다.

"이제야 말씀이지, 사또 일을 그때 벌써 다 알았지요. 뉘 개딸년이 몰랐다고요? 그러하기에 해남포 한 필, 당베 두 필을 급히 빨러 갔지요. 사또 옷 새로 해드리자 하였지요. 그렇지 아니하면 무슨 경황에 그것 빨러 갔겠소? 내 일을 나쁘게 알아 계신가 보오마는, 나는 다 속이 있어 그리하였지요. 만일 내 집에서 주무시다가 혹시 은근한 일을 누가 알까 하고 아주 매섭게 하였지요. 그렇지 않으면 차마 구박하오리까? 나를 누구로만 여기시오. 겉은 퍼래도 속은 다 익었지요."

춘향 어미가 고개를 숙이고 얼굴이 붉으락푸르락하기에 어사가 웃으며 말한다.

"이 사람, 얼굴 들고 말하소!"

"애고, 얼굴에서 쥐가 나오!"

춘향이 보고 있다가 말한다.

"여보 그만두오! 그만하여도 늙은 어미 무안하겠소. 그것도 또한 나를 위하느라고 그리하였지. 사또를 미워하여 그리하였겠소?"

어사가 대답한다.

"그만둘까? 그래도 어미 역성을 드는구나. 네 말이 그러하니 그만두지."

이리 수작하여 밤이 다하도록 즐거움을 이기지 못한다.

어사는 본관의 봉고파출을 감영에 보장하고, 본 읍의 밀린 공사를 거울같이 처결하고, 이방 불러 분부한다.

"관아의 재물들이 모두 다 참장이니, 동헌에 있는 것은 민고로 입장하고, 내아에 있는 것은 논매하여 금일 내로 관납하라!"

이방이 분부 듣고 공관집물 방매할 때, 실매나무라 좋은 서답을 네 귀에 끈을 달아 갓거리로 방매하고, 책방이 쓰던 망태기도 방매하고, 갖은 집물 다 팔아서 관전에 바치오니, 어사는 봉고하여 넣은 후에 모든 공사를 처결하고 좌수 불러 인관하고 춘향의 집으로 나아오니, 문전류(門前柳) 창외매(窓外梅)[258]는 옛 경개가 새롭다.

어사가 수삼 일 묵은 후에, 가마 독교 선명히 차려 춘향 태워 앞세우고, 사립 가마 꾸며내어 월매 태워 뒤세우고, 가장 기물 다 팔아서 수레에 싣고, 향단이 태워 부축케 하여 경성으로 보낸 후에, 전라도 오십칠관 좌우도를 다 돌아서, 탐관오리 수재곡법(收財曲法)을 역력히 찾아내어 흐린 공사를 밝혀내고 불효부제(不孝不悌)를 훈계하니, 거리거리 선정비요 골골이 칭송이다.

이렇듯 돌아다녀 모든 일을 다 한 후에, 승일상래(乘馹上來)[259] 입성하여 탑전(榻前)에 봉명하니, 임금이 반기시며 귀히 여겨 바삐 인견하여 손을 잡으시고, 원로의 행역을 위로하며 백성의 어려움을 물으시니, 어사가 머리 조아려 인사하고 암행 문서와 행중 일기를 두 손으로 받들어 드리오니, 임금이 받아 살펴보시고 크게 기뻐 칭찬하시며 위로하신다.

"몇 달간 원방을 바삐 돌아다녔으나 조금도 상한 바 없고, 수다 공사에 하나도 미진함이 없으니, 이 짐짓 사직(社稷)의 기둥이로다. 이제 동벽응교(東壁應敎)[260]를 제수하노라" 하신다.

임금이 이제 나가 쉬라 하실 때, 마침 주변 사람이 없으므로 어사가 엎드려 춘향의 정절과 전후사를 자세히 아뢰오니, 들으시고 희한히 여기사 격절하게 칭찬하신다.

"저의 정절 지귀하다. 만고에 드문 일이로다. 창가지물은 노류장화라 사람마다 길들이거늘, 춘향의 열절(烈節)은 옛사람보다 낫고 맑고 어진 덕행은 양반가의 규수도 미치지 못함이 많으리라."

임금이 이조에 하교하시어 춘향에게 정렬부인 직첩을 내리시어 정비를 봉하라고 하시니, 이런 영광이 어디 있으리.

어사 천만 의외의 임금의 은혜가 이와 같음을 감축하여 어사는 백배 머리를 조아려 감사한다. 조정에서 물러나와서 집에 돌아온 후에 가묘에 현알하고 부모에게 문안하니, 부모가 반기시고 친척이 모두 하례한다.

어사 부모 전에 꿇어앉아 전후의 사연과 성상의 은혜로운 뜻을 아뢰니, 부모 또한 기뻐 못내 칭찬하고, 길일을 택하여 종족을 크게 모으고 육례를 갖추어 남원집을 부인으로 승차하고, 폐백을 갖추어 사당에 고한다. 그 후에 이들이 백년해로할 때에, 이몽룡의 벼슬은 육경이요, 자녀는 오남매를 낳았다. 부모에게 영화와 효도를 보이고 친척에게 화목하며 집안 상하에 칭찬 소리가 우레 같으니 아마도 천고에 기이한 일은 이뿐이요, 춘향 같은 높은 정절은 다시 찾기 어려울 것이다.

원작자 조경남과의 만남

趙慶男

이 인터뷰는 설성경의 《춘향전의 역사적 연구》(연세대출판부, 2000)와 《춘향전의 비밀》(서울대출판부, 2001)을 참고하여 옮긴이가 가상으로 구성한 것이다.

조경남_ 네가 나를 지상으로 초대한 예솔이니?

방예솔_ 네, 선생님. 360년 만의 고국 나들이라는 참으로 어렵고 신기한 약속을 지켜주셨군요.

조경남_ 무엇이 그리 궁금하여 나를 애타게 만나자고 했니?

방예솔_ 《춘향전》에 관한 궁금증 때문이에요. 민족의 고전 《춘향전》의 원류에 대한 학설은 두 가지가 있어요. 중고등학교에서는 광대들이 판소리 〈춘향가〉를 시작한 것으로 가르치고 있지만, 최근에는 산서(山西) 선생님께서 《춘향전》의 첫 작품인 《원춘향전》을 지었다는 주장도 나왔습니다. 당사자인 선생님께서 이 문제에 대한 궁금증을 직접 풀어주세요.

조경남_ 내가 뭐라고 대답하면 좋겠니, 예솔아? 360년 전의 사건을 놓고, 그것도 당사자인 내가 대답을 하게 되니 감개가 무량하네. 이제 더 이상 미루지 말고 이 기회에 역사 속에 숨겨진 비밀을 털어놓아야겠지.

실은, 영조 시대에 광대들이 열녀설화(烈女說話), 암행어사설화(暗行御使說話), 신원설화(伸冤說話) 등을 엮어서 최초의 《춘향전》을 만들었다는 것은 사실이 아니야. 어렸을 때 내게 글공부를 배운 제자가 암행어사가 되어서 나를 찾아왔단다. 그를 보니 나는 오히려 내 제자가 존경스러웠어. 그래서 그 제자를 이 도령의 모델로 삼아 '원조(元祖) 춘향전'이라 할 최초의 《춘향전》을 지었는데, 이것을 뒷시대의 광대나 개작자 등이 지속적으로 다듬은 것이 오늘날 남아 있는 여러 종류의 《춘향전》이란다.

방예술_ 정말이에요? 더 궁금해지는데, 자세히 말씀해주세요.

조경남_ 어렵게 얻은 기회이니 궁금증을 빨리 풀어줘야겠지? 아까 내가 말한 제자는 성이성(成以性, 1595~1664)이란다. 나는 남원에서 인기 있는 유학자였기 때문에, 당시 남원 부사였던 부용당 성안의(成安義)가 그의 자제인 성이성의 교육을 내게 부탁했었어. 나는 처음에는 사양했지만, 그분이 퇴계 선생으로부터 학문을 배운 유학자로서 임진왜란 때 국가에 많은 기여를 했고, 특히 내 고장 남원의 부사로서 선정을 하고 있었기에 작은 보답으로서 나는 결국 그 뜻을 받아들였지.

방예솔_ 그렇다면 성 부사의 자제 성이성은 당시에 몇 살이었나요?

조경남_ 처음 배울 때는 십사 세였고, 글공부를 마치고 떠나던 때의 나이는 십육 세였어. 그래서 내가 지은 《춘향전》에서 이 도령이 십육 세에 남원을 떠나는 것으로 설정했지.

방예솔_ 그러면 《춘향전》의 남주인공이 된 성이성 도령은 언제 암행어사가 되었나요?

조경남_ 성이성은 1639년에 암행어사가 되어 처음 남원에 왔고, 그 후 1647년에 두 번째로 암행어사가 되어 남원에 왔지. 성 어사가 처음 남원으로 암행을 왔을 때는 나를 광한루로 초대하여 함께 밤을 새웠어. 그러나 그가 두 번째로 남원에 왔을 때는 애석하게도 내가 세상을 하직한 후였어. 그때도 지금처럼 영혼의 입장에서 성이성을 바라봤단다. 암행어사가 된 제자는 내가 죽은 것을 알고 안타까워하며 광한루에서 홀로 밤을 지새웠어. 음력 12월, 눈까지 펑펑 쏟아지는 날이었지. 성 어사는 이를 모두 자신의 암행어사 일기인 《호남암행록(湖南暗行錄)》에 기록해놓았지.

방예솔_ 선생님, 그날의 상황을 《호남암행록》을 통해 더 자세히 듣고 싶어요.

조경남_ 어려운 일은 아니지. 그때의 상황을 그는 이렇게 적어놓았지.

"십이월 초하루 아침 어스름에 길을 나서서 십 리가 채 안 되어 남원 땅이었다. 내방한 것을 맞아주었다. 비가 오다 그치다 하였다. 성현에서 유숙하고 눈을 무릅쓰고 원천부로 들어 갔다. 원천 부사 홍주(興周)가 맞이해주면서 진사 조경남의 집에 자리를 베풀어주었다. 조 진사는 바로 내가 어렸을 적에 송림사(松林寺)에서 학제 공부를 가르쳐준 분이다. 기묘년에 또한 암행 차로 광한루에 들렀을 때는 조 진사가 아직도 건재해서 이 누에서 함께 머물렀는데, 이제는 이미 세상을 떠나 그 자식인 조목(趙牧) 형제만 나와 인사했다. 그 가족들이 다담상을 들려 들어왔다. 조씨네와 헤어졌다. 오후에는 눈바람이 크게 일어서 지척이 분간되지 않았지만 마침내 광한루에 가까스로 도착했다. 늙은 기녀 여진(女眞)과 늙은 서리(胥吏)인 강경남(姜敬男)이 맞으며 인사해왔다. 날이 저물어 아전과 기생을 모두 물리치고 어린 동자와 서리들과 더불어 광한루에 나와 앉았다. '흰 눈이 온 들을 덮으니 대숲이 온통 모두 희다.' 거푸 수년 시전 일을 회상하고는 밤이 깊노록 능히 잠을 이루지 못했다."

방예슬_ 그때 암행어사가 되어 제자가 찾아왔는데도 직접 맞을 수 없었으니 죽은 영혼의 위치에서도 참으로 안타까우셨겠어요. 그러나 선생님께서는 살아 계실 때 이런 멋진 제자를 위해 《춘향전》을 지으셨으니 그야말로 '그 선생님에 그 제자' 라고 할 만하네요.

선생님께서 성이성 암행어사를 모델로 《춘향전》을 지으셨다는 사실을 당사자나 후손들이 몰랐나요?

조경남_ 질문이 점점 날카로워지는군. 성이성의 오대 후손 성섭(成涉)이 쓴 《필원산어(筆苑散語)》의 〈기선세유사(記先世遺事)〉에 다음과 같은 기록이 있어.

"나의 고조께서 수의어사가 되었을 때 암행하여 한 곳에 이르렀는데, 호남 열두 고을 수령들이 크게 연회를 베풀고 있었다. 술잔과 쟁반이 어지러웠고, 기녀와 악공을 벌여놓아 구경하는 사람들이 성처럼 둘러 있었다. 날이 바야흐로 정오가 될 무렵 수의어사께서 걸객의 모양을 하고서 음식을 청하니 여러 사또들이 바야흐로 취하여 잠시 자리를 허락하였다. 주섬주섬 음식을 차려주고는 여러 사또들이 말하기를, '손님께서 능히 시를 지을 줄 안다면 곧 가히 종일토록 잔치 자리에 참석하여 취하고 배부르게 음식을 먹을 수 있을 것이나, 만일 못한다면 빨리 돌아가는 것만 같지 못하지' 하였다. 수의어사께서 운 자를 청하시니, 그들이 이르기를 '기름 고(膏)' 자와 '높을 고(高)' 자라고 하였다. 이에 어사께서 곧 종이 한 장을 청하여 시를 쓰기를, '항아리 속의 아름다운 술은 천 사람의 피요, 쟁반 위의 좋은 안주는 만백성의 기름이라. 촛물이 떨어질 때 백성의 눈물 떨어지고, 노랫소리 높은 곳에 원망 소리도 높구나' 라고 하였다. 쓰기를 마치고 즉시 내어놓으니 여러 사또들이 돌려 보고서 의아해할 때에 서리들이 '암행어사 출두'를 외치며 곧장 들어오자 여러 사또들이 한꺼번에 모두 흩어졌다. 당일에 파출시킨 자가 여섯이요, 그 나머지 여섯 명은 서계 가운데 기입하였다. 여러 사또들은 모두 세도가의 자제들이었는데도 단 한 사람도 서계에 올리는 일에 고려해주지 않으니, 호남의 사람들이 일컬어 아름다운 이야기로 여겼다."

방예솔_ 선생님, 그렇다면,《춘향전》의 어사 출두 대목은 성 어사의 역사적 사실을 그대로 표현하신 것인지요?

조경남_ 그렇지는 않아. 성 어사는 출두할 때 〈금준미주시(金樽美酒詩)〉를 부른 적이 없어. 이 〈금준미주시〉는 내가《춘향전》을 짓기 전에《속잡록(續雜錄)》을 편찬하면서 명나라 장군 조도사(趙都司)가 광해군의 흥청대는 궁중 잔칫상을 보고 읊은 풍자시라고 소개한 바 있지. 그 후에 내가《춘향전》을 지으면서 이 시를 이 어사가 변 부사를 향해 부른 것으로 허구화했지. 그랬더니,《춘향전》이 유포된 후에 성 어사의 후손 성섭이 허구 속의 이야기를 자신들의 선조 성이성의 실화라고 전하게 된 거야

방예솔_ 그러면 선생님께서는《춘향전》을 짓기 전에《산서잡록(山西雜錄)》과《속잡록》을 남기셨나요?

조경남_ 그렇지.《산서잡록》과《속잡록》에 얽힌 이야기를 해줄까?

방예솔_ 네! 선생님께서 최초의《춘향전》의 작가로 알려지

시기 전에는 선생님의 저술로 잡록만 알려져 있었어요.

조경남_ 그렇지, 내가 엄청나게 공을 들인 기록이지. 어릴 때 나는 율곡 선생의 제자인 조헌(趙憲) 선생에게서 글공부를 배웠어. 그때 스승께서 나라의 장래를 걱정하시는 것을 자주 들었지. 그리고 열세 살 때 한번은 하늘을 바라봤는데 무지개가 여럿으로 보이는 태양을 꿰뚫고 있더구나. 나라의 장래가 어두울 징조구나 싶어서 역사적 사실을 기록으로 남겨야겠다고 생각했어. 그때부터 평생 일기를 썼는데, 잡록형으로 쓴 이 일기에서 임진왜란과 병자호란을 중심으로 당대의 시대 상황을 다루었지. 흔히 《난중잡록》과 《속잡록》으로 일컫는 이 일기는 오십여 년간의 기록으로, 나의 개인적인 기록인 동시에 국가적, 사회적 문제에 대한 기록이란다. 특히 대전란인 임진왜란과 병자호란에 관한 주요 연구 문헌이 되기도 했지. 그 때문에 나라에서 《선조실록(宣祖實錄)》을 편찬하면서 나의 일기를 참고했다는 이야기도 사후에 들은 바 있지.

방예솔_ 선생님께서는 그 후 어떤 의도로 〈병옹자전(病翁自傳)〉을 지으셨나요?

조경남_ 나는 늙어서 중풍으로 오래 고생했기 때문에 스스로를 병옹(病翁)이라 이름 지었단다. 그러나 내가 '병든 늙은이'라는 뜻으로 호를 삼은 것은 실은 내 개인적 육신의 병만을 고려한 것은 아니야. 여기에는, 나라 전체가 병이 드는 것을 근심하면서, 깨어 있는 선비들이나 관리들이 이런 생각을 해주기를 바라는 염원도 담겨 있었어. 그러니 〈병옹자전〉은 자서전이면서, 또한 임병양란을 치른 후 점차 병들어가는 사회를 풍자하는 이야기이기도 하였지. 그 외에도 내가 주변에서 직접 보았거나 전해 들은 중인, 평민, 천민들의 아름다운 삶을 선별하여 일화집을 내기도 하였지. 나의 경험과 주변 사람들의 이런 이야기들이 뒷날 《춘향전》을 창작할 때 많은 도움이 되었어.

방예솔_ 선생님의 업적으로는 뭐니 뭐니 해도 《춘향전》이 대표적이라고 생각됩니다. '원춘향전'이라 불러야 할 그 《춘향전》의 저작 의도를 좀 알려주십시오.

조경남_ 그간 《춘향전》이 광대들에게서 비롯되었다는 통설을 보면서 약간 안타까웠단다. 나는 살아 있을 때에도 내 이름을 드러내는 것을 그리 즐기지는 않았어. 그러나 대부분의 교양 서적이나 학교 교육이 《춘향전》의 원류를 영조 시대의 광대 판소리로 잡는다면, 《춘향전》의 예술사적 의미로 볼 때 긍정적인 것은 아니지. 《춘향전》이 유학자의 작품에서 시작되어, 광대들에 의해 판소리로 확장되면서 탈계층적 민족 문학이 되었다는 사실을 부각시키지 못하는 것은 우리 예술사 전반으로 봐도 유리한 일은 아니지 않겠니? 예술이도 한번 깊이 생각해봐. 우리의 대표 고전 《춘향전》이 세계의 고전 중에 당당히 서려면 18세기에 천민 광대들이 별다른 작가 의식 없이 엮은 작품이라고 하는 편이 좋겠니, 아니면 17세기 전반에 애

국적인 지방 유학자가 지은 후에 광대들이 받아들여 판소리 예술 양식에 실어 소리극으로 발전시켰다고 하는 편이 좋겠니? 내 자랑이 아니라, 이것이 엄연한 역사적 진실이라면 더 말할 필요가 있겠니?

방예솔_ 네, 저도 그렇게 생각합니다. 선생님, 이제 좀 다른 질문을 해보겠습니다. 춘향이 변 부사에게 당하는 고통은 너무 심하다고 생각하지 않으세요?

조경남_ 오늘날 독자들은 춘향을 미모와 덕성을 갖춘 이 도령의 사랑스러운 연인으로만 생각하고 있지. 그러나 나는 《춘향전》을 창작할 때, 이런 부분은 독자들의 호기심을 유발하기 위한 장치로만 활용했단다. 내가 춘향을 통해 진정으로 하고 싶었던 것은, 천한 기생의 위치에 있는 춘향도 열녀가 되는 마당에 나라를 위해 목숨이라도 던져야 할 지체 높은 사대부들은 임병양란 동안에 그런 충성과 절의를 보여주지 못한 부끄러운 사실을 풍자하는 거였지. 그러니 나는 춘향을 비유적인 인물로 설정했던 게지. 옥중에 갇힌 춘향이 곤장을 맞으면서도 '열녀불경이부(烈女不更二夫)요, 충신불사이군(忠臣不事二君)'이라고 절규한 이유를 이제 알겠지?

방예솔_ 그렇군요. 이제야 선생님께서 《춘향전》을 지으신 의도를 이해하겠습니다. 그렇다면 선생님께서는 《춘향전》의 주제를 어디에 두셨습니까? '열녀의 문제'인가요, '저항의 문제' 인가요, 아니면 '수절의 문제' 인가요?

조경남_ 그 어느 하나라고 단정할 수는 없겠지. '사랑의 문제', '저항의 문제', '열녀나 수절의 문제' 는 물론이고, 춘향과 이 도령이 대표하는 지방 사람과 한양 사람, 천한 위치의 사람과 귀한 위치의 사람, 여성과 남성을 구분할 것 없이 모두가 각각 자신의 위치에서 최선을 다하며 상대의 장점을 격려해줄 때 우리 사회나 나라가 제대로 된다는 것이지. 내가 평생지향한 삶이 바로 그런 삶이야. 나는 불우한 시대에 태어나, 시골에서 평범한 선비로 생을 마감했지만, 사후 몇백 년이 지난 지금은 지상 나들이에서 예솔이와 같은 명석한 독자들의 아낌없는 칭송을 받고 있잖아. 그러니 내 육신의 죽음은 죽음이 아니라 '죽음을 넘어 예술로서 부활하는 것' 이라 해도 좋지 않을까? 이 길은 당장 대중의 인기에 영합하는 대중 작가들의 길과는 다른 길이었지. 그 길은, 변 부사와 결합하지 않고, 이 도령과의 약속을 지키기 위해 기생에서 열녀로 변신하는 춘향이 택한 길이지. 춘향은 자신이 정한 약속을 위해 죽음까지도 두려워하지 않은 '아름다운 인간' 이지. 나는 《춘향전》에서 독자들에게 이런 주제를 전하고 싶었어.

(둘 사이를 한바탕 시원한 바람이 휩쓸고 간다.)

방예솔_ 선생님, 어디 계세요? 어, 내가 꿈을 꾼 걸까? 분명 꿈은 아닌데…….

趙
慶
男

산서(山西) 조경남(趙慶男)은 선조 3년인 1570년 11월에 한양 조씨 조벽(趙璧)의 장남으로 남원에서 태어났다. 그는 태종 때 우의정을 지낸 조연(趙涓)의 후손이고, 중종 때 호조판서를 지낸 숭진(崇進)의 현손이다. 남달리 재주가 있어 삼 세 때 이미 옛 시를 외울 만큼 총명했으며, 사 세 때에는 이미 예의로 음식을 사양할 줄 알았다. 그의 효성이 극진하였기에 부친은 낙향으로 근심하던 마음을 씻을 수 있었다.

《산서조선생가장(山西趙先生家狀)》에 의하면, 조경남은 육세 때인 1576년에 부친이 세상을 떠나자 편모 양씨 밑에서 성장했다. 1577년부터 진사 유인옥(柳仁沃) 밑에서 글공부를 시작했는데 일 년도 못 되어《사략(史略)》을 읽고《소학(小學)》을 외웠다. 다음해에는《통감(通鑑)》과《두시(杜詩)》를 두루 읽었다. 글짓기를 시작해서는 기이하고 특이한 어구를 많이 썼으므로 스승이 특별히 그를 아꼈다.

십삼 세 때인 1582년에는 모친 양씨도 세상을 떠났는데, 그
는 의젓한 성인의 모습으로 모친의 삼년상을 효성스럽게 마
쳐 주변의 칭송을 받았다. 그 후로는 외조모 허씨의 보살핌을
받게 되었다. 같은 해 12월 20일에 아침해가 셋으로 보이는
환일 현상이 일어나자 조경남은 나라의 앞날을 걱정하며 자
신의 주변과 나라에서 일어나는 일들을 야사 형식으로 기록
하기 시작했다. 이렇게 시작된 나날의 기록이 오십칠 년간의
기록인 《산서잡록》의 출발점이 되었다.

　조경남은 십육 세 때인 1585년에 경상 감사 김자행의 증손
녀인 안동 김씨를 아내로 맞았다. 1586년에는 중봉 조헌(趙
憲)의 문하에 나아가 유학을 배우기 시작했다. 그때 스승 조헌
은 "나의 문하에 영재가 많지만 일찍 문학을 성취하고 성리를
올바로 해석하며 정성이 독실한 사람은 자네가 처음일세"라
고 하며 그에 대한 강한 기대감을 나타냈다.

　이십삼 세 때인 1592년, 4월에 왜적이 쳐들어오자 조경남
은 화가 치밀어 칼을 어루만지며 살지 못하더라도 병사를 모
아 적을 막아야 한다고 분연히 나섰다. 그러나 외조모 허씨가
늙고 병들어 의지할 자녀가 없었으므로 그는 허씨를 업고 지
리산에서 난리를 피했다. 얼마 지나지 않아, 왕이 서쪽으로 피
난했다는 소식을 들은 그는 통곡하며 군주가 전란을 겪는데
오직 우리 전라도는 의병을 일으켜 성토하는 자가 없다며 의
병을 일으켰다. 그때 고경명(高敬命)이 격문을 전달하자 그는
진지로 달려갔지만, 마침 외조모 허씨가 위독하다는 연락을

받고 외조모 곁으로 돌아갔다. 또 7월에는 조헌의 격문을 보고 곧 달려가 함께 창의하기를 약속했지만, 허씨의 병환으로 부득이 돌아갔다. 그는 8월 29일에는 원천동 집에 '산서'라는 표지를 붙인 깃발을 세우고 진사 정사달(丁士達)을 부대장으로, 유지춘(柳知春)을 참모로 삼고 포진했다. 9월 3일에는 운봉(雲峰)에서 잠복했다가 왜적 백여 기병을 무찔렀다.

그는 1593년 10월 27일에는 정사달, 박언량(朴彦良) 등과 함께 산음(山陰)에서 왜적을 격퇴했다. 또 1594년 사월에 조정이 각 도의 의병을 해산시키라 명하자 그는 모집한 의병도 해산하여 돌려보냈다. 5월 27일에는 도적들이 떼를 지어 곳곳에서 살인 강도를 하여 백성들이 벌벌 떨고 길에 인적이 끊길 정도였다. 그런 중에 그가 도적 떼의 두목을 죽이니 부하들은 달아났다. 또 1596년 9월에는 감찰사가 그가 왜적들의 난동 중에 전장에 나서서 탁월한 책략으로 의병 활동을 한 사실을 임금께 보고하여 포상을 내리려고 하였으나 그가 끝내 사양했다.

1597년 8월에 일본 적장 가토 기요마사(加藤淸正)가 구례를 거쳐 남원으로 쳐들어왔다. 그때 명나라 장수 양원(楊元)이 남원에 진을 치고 있었는데, 조경남이 양원을 찾아가 자신의 계책을 전하였으나 양원은 그 방어 계책을 받아들이지 않았다. 남원성이 왜적에 함락되자 그는 분함을 참지 못하고 격문을 써서 주변에 돌리며 의병을 모집하니, 며칠 사이에 수백 명이 모였다. 이들과 더불어 그는 불우치(佛隅峙)에 매복하고 있다가 왜적 이백오십여 명을 사상케 했다. 또 고민덕(高敏德)이 거느리고 온 의병들과 함께 공격하여 다시 왜적 육십여 명을 죽였다.

이러한 일의 와중에도 그는 명나라와 조선의 장군들 사이에서 문필력을 드러냈다. 명나라 장수 이방춘(李芳春)은 "선봉인 조경남은 싸움에 능할뿐더러 학문도 해박한 선비로서 능히 화답할 수 있다"라고 하며, 그를 문무를 겸비한 재주 있는 선비라고 칭찬했다.

삼십일 세 때인 1600년 가을에는 남원에 사나운 호랑이가 나타나 백여 명이 사상했다. 전 방어사 원신(元愼)은 호랑이를 잡으려다가 오히려 폐단만 남겨 국문을 당하고 파직되었고, 새로 임명된 방어사 이사명(李思命) 또한 호랑이를 잡지 못해 걱정하고 있었다. 그때 조경남이 호랑이가 출몰할 만한 곳에 틀을 만들어놓고 걸려들게 하여, 틀에 걸린 채 도망가는 호랑이를 활로 쏘아 잡았다. 이 일로 남원 사람들은 근심을 덜게 되었다.

1611년에 조경남은 〈추제예의(秋祭禮儀)〉라는 논설을 썼고, 1613년에는 '성리석(性理釋)'이라는 제목의, 성리에 대한 자신의 입장을 적은 글을 완성했다.

1617년 겨울, 조경남은 갑자기 숨이 차고 호흡이 곤란해져서 삼십 일간이나 고생했으나, 다행이 죽을 고비를 넘기고 건강을 회복했다. 그러나 다음해 여름에는 다시 석 달 동안 죽을 듯했고, 10월에 병이 회복되어 집필 활동을 계속할 수 있었다. 이러한 육체적 어려움 속에서도 그는 1622년에 〈오상론(五常論)〉을 썼고, 1623년에는 남원 주변에서 일어난 고금의 일화, 야사를 중심으로 엮은 《소견록(消遣錄)》 상편을 완성했다.

오십오 세 때인 1624년 9월에 그는 진사에 급제하여 고향으로 돌아왔다. 그러나 벼슬길로 나아가지 않고 집필에 몰두해, 1628년에는 고금의 일화 야설집인 《소견록》 중·하편을 완성했다.

그의 노년기에는 또 다른 국가적 시련이 닥쳤다. 1637년 1월에 청군이 침공하여 남한산성이 포위되었다는 소문을 듣고 그는 전 찰방 이원진(李元震)과 함께 의병을 일으켜 군량을 모아서 그곳으로 출발했다. 그러나 청주에 이르렀을 때 이미 굴욕적인 강화를 했다는 소식을 들었으며, 통곡하며 고향으로 돌아왔다. 그러고는 집 뒤뜰에 황명단(皇明壇)을 쌓아놓고 국운의 재기와 군왕의 평안을 빌었다.

육십구 세 때인 1638년에는 왜란을 중심으로 줄곧 써온 오십칠 년간에 걸쳐 〈고사(故事)〉, 〈조보(朝報)〉, 〈경상순영록(慶尙巡營錄)〉, 〈호남순영록(湖南巡營錄)〉, 〈정기록(正氣錄)〉, 〈서정록(西征錄)〉 등을 가지고 오십칠 년간에 걸쳐 집필해온 《산서잡록》과 《속잡록》의 집필을 마치게 되었다.

이듬해에는 제자인 계서 성이성이 급제하여 호남 암행어사가 되어서 암행 중에 그의 집을 찾아왔다. 이날 그는 암행어사와 광한루에서 하룻밤을 보냈고, 암행어사가 된 제자와의 이

만남이 산서 조경남이 《원춘향전》을 집필하는 계기가 된 것으로 추정된다.

조선조 최대의 국난기인 임병양란 시기를 충렬의 정신으로 산 그는 인조 19년인 1641년 5월 19일에 남원 자택에서 칠십이 세로 세상을 떠났다.

1) 진유자(陳孺子)는 한나라 진평(陳平)의 자(字)다.

2) 두목지(杜牧之)는 당나라 시인이다. 풍채가 좋아, 거리에 나가면 기생들이 그의 얼굴을 보려고 귤을 던져 수레가 가득 찼다고 한다.

3) 이태백(李太白)은 당나라 시인으로 주선옹(酒仙翁), 적선인(謫仙人)이라 칭한다.

4) 왕희지(王羲之)는 진나라의 서예가로 초서(草書)와 예서(隸書)가 뛰어났다.

5) 도령이 통인에게 동성애나 자위 행위를 배워 정력이 소모되고 기운이 줄어드는 것을 우려했다는 뜻이다.

6) 서답은 여성의 월경을 처리하는 데 쓰인 베다.

7) 이성을 향한 막연한 그리움으로 뒤숭숭한 심리 상태를 표현하는 말이다.

8) 줄지어 점점이 가지런히 날다가 비껴 날기도 하고, 추운 하늘에서 내려와 따뜻한 모래밭에서 자려고 하네. 이상하게도 훨훨 날아 다른 언덕으로 옮겨 가는 것은 갈대꽃 건너에서 뱃사람의 말소리가 들리기 때문이네.

9) 배 타고 다니는 장사꾼은 아이와 같으니, 향불 피우고 모두들 순풍을 비네. 이에 수신(水神)이 기도에 두루 응해주는 데 힘입어서 여러 돛단배들은 일제히 각자 동서로 간다네.

10) 단풍잎 물들고 갈대꽃 피니 물의 고장에 가을이 들고, 온 강에 비바람 몰아쳐 조각배에 흩뿌리네. 푸름이 외로운 배에 이어져 있는데, 아무도 건너는 사람이 없네.

11) 반희가 손님을 불러 한밤중은 어두워져가네. 만 이랑 가을빛이 흰 파도에 떠 있네. 호수(湖水)가 뉘 집에서 쇠피리를 부는가? 푸른 하늘 끝없고, 기러기 떼만 높이 날아가네.

12) 지는 해는 어느덧 먼 산 굴로 들어가는데, 밀려오는 조수는 철썩철썩 찬 물가로 오른다. 어부는 눈 같은 흰 갈대꽃 속으로 사라져가고, 두어 줄기 밥 짓는 연기만 날 저물어 더욱 푸르러 보이네.

13) 버들개지 허공에 날아 느릿느릿 내려오는 듯하고, 매화꽃은 땅에 떨어져도 역시 자태가 곱네. 강루의 술만 한 동이 다하도록 마시고 있으니, 도롱이 걸친 어옹이 낚싯줄 거둘 때를 보게 되네.

14) 아득히 넓은 수풀에 푸른 안개가 차가운데, 누대는 은은히 비단같이 펼쳐진 안개 건너에 있네. 어떻게 하면 안개를 걷어가는 바람이 불어서 우리 왕가의 착색한 산을 되돌려줄까?

15) 한 폭의 단청을 펼쳐서 봉하지 않으니, 두어 줄 수묵이 엷었다가 짙어지네. 응당 붓으로도 참으로 그려낼 수 없는 것은 남쪽 절의 종소리와 고리를 이어 들리는 북쪽 절의 종소리일세.

16) 친한 벗은 한 자의 소식도 없고, 늙은이는 병들어 외로운 배에 있네.

17) 봉황대 위에 봉황이 놀고 가더니, 봉황이 떠나고 나니 대는 비고 강물만 절로 흐르네.

18) 자고비어대상(鷓鴣飛於臺上)은 '자고새는 대 위에서 날고 있네' 라는 뜻이다.

19) 함외장강공자류(檻外長江空自流)는 '난간 밖의 긴 강물만이 부질없이 스스로 흘러갈 뿐이네' 라는 뜻이다.

20) 호거룡반세(虎踞龍盤勢)는 '범이 웅크리고 용이 서린 기세' 라는 뜻이다.

21) 별유천지비인간(別有天地非人間)은 '별천지이지 인간의 세계가 아니다' 라는 뜻이다.

22) 당매듭은 중국에서 수입한 장식용 매듭이다.

23) 함전도화부상류(檻前桃花扶桑柳)는 '난간 앞의 복숭아꽃과 해뜨는 부상의 버드나무' 라는 뜻이다.

24) 화중두견류상앵(花中杜鵑柳上鶯)은 '꽃 속의 두견과 버드나무 위의 꾀꼬리' 라는 뜻이다.

25) 화간접무분분설(花間蝶舞紛紛雪)은 '꽃 사이로 춤추는 나비는 흩날리는 눈' 이라는 뜻이다.

26) 유상앵비편편금(柳上鶯飛片片金)은 '버들 위에 나는 앵무새는 조각조각 금' 이라는 뜻이다.

27) 점점의 낙화가 맑은 시냇가에 떠내려간다.

28) 어주축수애산춘(漁舟逐水愛山春)은 '고기잡이 배를 타고 강을 따라 저어가며 봄기운 도는 산을 바라보고 즐긴다' 라는 뜻이다.

29) 차문주가하처재(借問酒家何處在)는 '좀 묻겠는데, 술집이 어디냐 하니, 목동은 대답 대신에 저 먼 행화촌을 가리키네' 라는 뜻이다.

30) 북창삼월청풍취(北窓三月淸風吹)는 '북으로 난 창에 삼월의 맑은 바람이 불어온다' 라는 뜻이다.

31) 위성조우읍경진(渭城朝雨浥輕塵)은 '위성에 내리는 아침 비는 가벼운 먼지를 적시네' 라는 뜻이다.

32) 고추팔월진암초(高秋八月盡庵草)는 '높은 가을 팔월에는 암자의 풀이 다하고' 라는 뜻이다.

33) 만지추상국화(滿地秋霜菊花)는 '땅에 가득한 국화는 가을 서리로다' 라는 뜻이다.

34) 호치단순(皓齒丹脣)은 '하얀 치아와 붉은 입술' 이라는 뜻으로, 미인을 비유하는 말이다.

35) 삼색도화미개봉(三色桃花未開封)은 피기 직전의 세 가지 빛의 복숭아꽃을 말한다.

36) 방화수류(訪花隨柳)는 '꽃을 찾아 버들을 따라' 라는 뜻이다.

37) 오왕은 절세미녀 서시를 만난 후로는 고소대에서 연락을 즐기며 정치를 돌보지 않았다.

38) 이들 한자어를 열거한 것은 특별히 허리가 가는 몸매임을 말해주는 표현으로서, '잘쑥한' 대신 '잘 숙' 이라는 한자 풀이를 사용함으로써 말장난의 효과를 내고 있다.

39) 건달의 우두머리인 왈짜는 망하여도 사람 속은 잘 알고 있다는 뜻의

속담이다.

40) 도령의 힘줄이 왕이 거둥할 때 행렬의 앞에 세우던 기(旗)인 용대기(龍大旗)를 버티는 네 가닥의 뒷줄처럼 힘 있게 뻗어 있다는 표현으로, 온몸이 몹시 흥분한 상태임을 뜻한다.

41) 귀뚜라미가 두꺼운 벽을 뚫고 나오듯이 신기한 묘리를 많이 일고 있음을 뜻한다.

42) 오매보다도 더 신맛이 나고, 식초를 넣은 병의 마개처럼 신맛이 난다는 말로, 성적인 쾌감이 빼어남을 뜻한다.

43) 국색(國色)은 나라 최고의 미색을 갖춘 여인을 말한다.

44) 불수산(佛手散)은 출산을 돕는 데 쓰는 탕약이다.

45) 예물을 교환하는 등 혼인의 단계인 육례를 갖춤을 뜻한다.

46) 길가의 버들이나 담장 가까이 있는 꽃은 길 가는 이들이 쉽게 꺾을 수 있다는 뜻으로, 남성들이 쉽게 접근할 수 있는 창녀, 기생에 대한 비유다.

47) 기생이나 몸을 파는 창녀들은 말할 것도 없고 숫처녀들도 출입하며 사귀었다는 뜻이다.

48) 도깨비, 즉 사람 얼굴에 네 다리를 지니고 사람을 유혹한다는 짐승인 이매와 물귀신인 망량은 속히 천 리 밖으로 도망하라.

49) 구 년 동안의 긴 홍수 끝에 날이 맑아지며 나타난 햇빛같이 반갑다는 뜻이다.

50) 칠 년 동안의 긴 가뭄 끝에 내리는 비처럼 반갑다는 뜻이다.

51) 어린 나이로 과거에 급제하여 이름이 방에 붙을 때라.

52) 밤은 깊어 사람의 자취는 고요한데, 달은 밝고 바람은 맑으니.

53) 밤중에는 예의를 갖추기 어렵고, 친구로는 갖가지 사람이 필요하다.

54) 사람을 기다리기 어렵고 사람을 기다리기 어렵고 한데, 닭이 세 번 울고는 밤 깊어 새벽이 가까운 오경 때라. 문에 나가 기다리고 문에 나가 기다리나 청산은 만 겹이고 녹수는 천 굽이라.

55) 정확히는, 당나라 초기의 유명한 장군인 울지경덕의 화상과 진나라 후

주인 진숙보의 화상을 말한다.

56) 정확히는, 당나라 정치가인 위징의 시구를 말한다.

57) 남극선옹(南極仙翁)은 장수를 제공하는 남극성의 늙은 신선이다.

58) 소나무 아래에는 상산에 사는 네 명의 신선.

59) 육관대사의 명을 받들어 성진이 동정 용궁에 갔다 오다가 연화봉 아래
의 석교 앞에서 위 부인의 제자 팔선녀의 미모에 끌려 수작하는 대목
의 구운몽 민화다.

60) 중국 동한 시대의 엄자릉이 광무제의 벼슬 권유를 마다하고 부춘산에
서 은거하는 민화다.

61) 중국 촉한의 유비가 와룡 선생인 제갈량을 모시려고 세 차례나 찾아가
는 대목의 삼국지 민화다.

62) 강태공이 초기 팔십 년은 낚시를 하며 가난하게 살았고, 후기 팔십 년
은 벼슬길에 나가 정승으로 존귀 속에 살았다는 내용의 민화다.

63) 원컨대 삼신산의 불로초를 얻어다 고당의 백발 부모님께 드리고 싶다.

64) 대궐의 은혜로운 빛을 머리 돌려 받고, 남산의 상서로운 기운을 문을
열어 맞이한다.

65) 어젯밤 봉황이 상서로운 글을 입에 물고 이르더니, 오늘은 천상의 관
리가 복을 내려주시네.

66) 나라는 태평하고 백성은 편안하며 집집마다 사람마다 생활이 풍족하
다.

67) 큰문 신과 작은 문의 영이 상서롭지 못한 잡귀를 꾸짖어 물리친다.

68) 봄이 문 앞에 이르러 부귀를 더 보탠다.

69) 서랍이 많이 달린 장이다.

70) 왜경대는 일본에서 생산된 경대다.

71) 삼층장은 금으로 장식된 서랍이 있는, 삼 단으로 된 장이다.

72) 용두머리 장북비는 용머리를 장식한 꿩의 꼬리로 만든 빗자루다.

73) 쌍룡 그린 빗접고비는 쌍룡을 그려 넣은 머리를 빗는 도구를 넣어두는
통이다.

74) 귀목두지는 느티나무로 만든 쌀 뒤주다.

75) 용충항은 용을 새긴 큰 항아리다.

76) 칠박은 옻칠을 한 함지박이다.

77) 학슬반(鶴膝盤)은 다리를 접을 수 있는 소반이다.

78) 자개반은 자개로 장식한 소반이다.

79) 한무제 승로반(承露盤)은 한무제가 이슬을 받기 위해 건장궁에 설치한, 구리로 만든 쟁반이다.

80) 묘창해지일속(渺滄海之一粟)은 '아득한 창해 속에 있는 한 톨의 좁쌀'이라는 뜻이다.

81) 인간은 예로부터 말하기를, '인간은 칠십 세를 살기도 어려운 일이다' 한다.

82) 하나라 걸왕의 고사에서 끌어온 말로, '고기를 아무리 산처럼 쌓고, 고기 포로 만든 안주를 아무리 숲처럼 베풀어놓았다 하여도' 라는 뜻이다.

83) 남자가 위험한 곳에는 들어가지 않는다는 말은 곧 기생집 출입을 말한 것이니.

84) 구름은 깊고 계곡물은 푸른 속에, 꽃은 붉고 버들은 푸르니 만학 천봉은 일천 올의 실이 흩날리는 것 같네.

85) 인간 세계와는 다른 세계인 술병 속의 천지.

86) 세상의 세월을 잊어버리고, 슬컹아티 낙 세상에 취한다.

87) 어진 사람이 사는 곳을 가려서 살지 않으면 어찌 지혜를 얻으리.

88) 사람들이 화식으로 먹는 것을 알게 된 것은 태곳적의 수인씨의 덕택이다.

89) 싸움에서 무기를 사용하고, 마차를 타고 다닐 수 있게 된 것은 태곳적의 헌원씨의 덕택이다.

90) 백초를 먹으며 의약으로 사용하게 된 것은 신농씨의 덕택이다.

91) 산을 뚫고 길을 낸 것은 하나라 때의 우왕 덕택이다.

92) 팔괘를 만들어 운명을 점치고 우주의 이치를 알게 된 것은 복희씨의

덕택이다.

93) 시문 중에서 아주 빼어난 글자에는 붉은 점으로 강조하는 비점을 찍듯이, 여기의 '봉(逢)'자 또한 비점을 찍을 만한 글자라는 뜻이다.

94) 숲 속에 은거하는 이를 한 사람인들 보았느냐.

95) 달 밝은 밤 높은 다락에 여인이 있네.

96) 오늘 번성에서 옛 벗을 보내네.

97) 날듯이 궁중에 들어가니 아무도 보이지 않네.

98) 천 리 밖 타향에서 옛 벗을 만나네.

99) 버들이 푸르고 푸른 가운데 임은 시냇물을 건너가네.

100) 낙교에서는 사람을 볼 수가 없네.

101) 바람이 불고 눈이 오는 밤에 임이 돌아오네.

102) 근심과 즐거움이 반반인 인생이지만 백 년도 채 살지 못한다.

103) 오랑캐의 말을 타고 오륙 년이나 길이 몰아 간다.

104) 사람이 늙어서 다시 소년으로 되돌아가는 일은 아직 없었다.

105) 구레나룻은 서리처럼 흰데, 내일 아침 또다시 한 해를 맞게 되네.

106) 적막한 강산이 이제 백 년이나 되었네.

107) 진나라 수도 함양에는 놀기 좋아하고 협기 있는 소년들이 많다.

108) 해가 지나가고 또 지나간다.

109) 추위가 다하니 해를 알지 못하네.

110) 머리 돌려 한번 웃으니 온갖 교태가 일어나네.

111) 관아에 서류를 낼 때 관련 서류를 첨부하여.

112) 오동야우(梧桐夜雨)는 오동잎에 밤비가 떨어지는 소리를 말한다.

113) 호접춘풍(胡蝶春風)은 호랑나비가 봄바람에 난다는 뜻이다.

114) 겨울에도 푸른 대나무와 소나무는 천고의 절개를 뜻한다.

115) 도무지 어울리지 않고 이치에 맞지 않음을 뜻하는 속담이다.

116) 바라보고자 해도 바라볼 수 없고, 생각하지 않고자 해도 저절로 생각이 난다.

117) 다시 한 층 높은 누각에 올라 멀리 바라보려 하니.

118) 눈을 들어 저 하늘을 멀리 바라보니, 짝 잃은 외기러기의 한이 느껴지고, 눈을 들어 들보 위를 보니 쌍쌍이 살아가는 제비집이 부럽게 느껴지네.

119) 임의 창밖 새벽달을 생각하면 가을밤이 길게 느껴지는데.

120) 노비를 대신 사서 넣고 속량을 하여 천인 신분을 면하고는 손님을 사절하고 문밖 출입을 하지 않으며.

121) 개복청(改服廳)은 지방관 등을 만나는 사람들이 옷을 바꿔 입는 곳이다.

122) 잠시 쉰다는 뜻이다.

123) 연봉육각(延捧六角)은 수령이 존귀한 사람을 맞이할 때 사용하는 북, 장구, 해금, 피리, 태평소 한 쌍이다.

124) 대장청도도(大張淸道道)는 크게 길의 청결을 감독하여 깨끗한 길을 편다는 뜻이다.

125) 등사순시(藤蛇巡視)는 용·대기와 순시 깃발이다.

126) 기치검극(旗幟劍戟)은 군중에서 사용하던 깃발과 창, 칼 등이다.

127) 도훈도는 종구품의 벼슬이다.

128) 강남 땅에서 연밥을 따는데 벌써 날이 저물었네.

129) 원앙 금침 속에서 봄꿈이 흐드러지니.

130) 옥토도약항궁(玉兔搗藥姮宮)은 옥토끼가 약을 찧는 달나라 궁궐이다.

131) 가는 비 내리는 봄바람이 난간에 불어오니.

132) 서리 맞은 잎이 이월의 꽃보다 붉으니.

133) 뻗어 내린 늙은 소나무는 군자의 절개를 나타내니.

134) 소나무 아래의 동자에게 물으니, 약초 캐러 가서 어디 있는지 모른다니.

135) 도화를 띄우고 흘러가는 물은 가는 곳을 알 수 없으니.

136) 밤 깊은 삼경에 미인이 오니.

137) 합리춘광(閤裏春光)은 문 안의 봄빛이다.

138) 구상유취(口尙乳臭)는 입에서 젖 냄새가 나듯이 아직 행동이 어리고

유치함을 뜻한다.

139) 증자(鏳子)는 전립에 꼭지처럼 만든 장식으로, 꼭지에는 참대와 구슬
장식과 백로 털 등을 붙인 것이다.

140) 흐르는 물 속에서도 돌은 움직이지 않는다.

141) 화약통에 불을 붙이는 새끼가 꼬이듯이.

142) 아무리 설득해도 심술이 잘 풀리지 않는 고집 센 사람을 말한다.

143) 봄바람에 도리꽃이 피는 밤과 가을비에 오동잎이 떨어지는 때를 말
한다.

144) 멀리 보이는 포구에 해가 지는 가운데 새가 쌍쌍이 나는데.

145) 따뜻한 날 봄바람이 부는데 핀 화초 사이.

146) 형산에서 나는 질 좋은 옥이 흙 속에 묻혀 있는 듯, 가을 잔잔한 물결
위에 떠 있는 연꽃이 쏟아진 비에 쓸린 듯.

147) 원산아미(遠山蛾眉)는 먼 산의 능선과 같이 아름다운 눈썹이다.

148) 귀에 걸면 귀걸이가 되고 코에 걸면 코걸이가 되듯이, 평생 살아가는
방식이 사방에서 봄바람이 불듯이 당장의 원만한 해결을 위해 자기
뜻을 내세우지 못하는 줏대없는 사람이라.

149) '삼가 일의 사정을 아뢰면'으로 해석된다.

150) '보잘것없는 하천한 계집이나'라는 뜻이다.

151) 강가의 매화나 산속의 대와 같은 마음으로, 빙옥같이 맑고 깨끗한 마
음으로.

152) 백 년을 함께 살고자 하는 뜻으로 이미 금석과 같은 맹약을 하고.

153) 생각을 깊이 하고서 몸을 허락한 후에 지금까지 삼 년 동안에 엄연한
부부의 의리를 지키며 산 것이 산이나 바다와 같다.

154) 금번의 승체 때에 데리고 가지 못한 것은 세상의 일이 그러하기 때문
이라.

155) 소녀가 약속한 말은 진정을 술회한 말이라. 산이 평지가 되고 물이
되돌아오더라도 나의 지조를 빼앗지 못할 것이며.

156) 같은 양반으로서 의리를 깊이 생각하시고 사정이 간절하고 딱함을

헤아려주시오면.

157) 이에 감히 일월과 같은 밝은 정치를 하는 자에게 호소하옵니다.

158) 바라옵건대 이 내용을 잘 보시고 특별히 방송해주시기를 천만 바라
옵나니 다만 이 일을 사도께서 잘 처분하여주시옵소서.

159) 천지는 늙지 않고 달은 영원히 뜨는데, 적막한 강산에 인생은 백 년
이로다.

160) 그 죄명을 분명히 밝히어 죽음에 대한 원한이 없게 하라.

161) 이 소지는 다른 것과 달라 특별히 제사를 하는데, 사또가 입을 열기
전에 스스로 처결하였으니 하천한 관리로서 죄가 만 번 죽어도 아깝
지 아니하다.

162) 죽음에 이를 때까지 푸른 대와 같이 절개를 변치 아니하옵기에 사또
의 뜻을 받자와 두 쪽이 다 납득하게 흥정을 이룸이요.

163) 과연 그 말과 같고, 부절을 맞춘 듯하다.

164) 수급비(水汲婢)는 관아에 속하여 물 긷는 일을 하는 여자 종이다.

165) 두 물줄기는 백로주 있는 곳에서 중간에 둘로 나누어지고.

166) 사역불변(思亦不變)은 먹은 마음은 변하지 않는다는 뜻이다.

167) 오원이 오나라의 신하로서 월나라를 치라고 충간했으나, 오왕이 듣
지 않고 참소한 이들을 믿고 오원에게 자결하라 했을 때 오원이 자기
눈을 오나라 동문에 걸어두어 오나라가 월나라에 망하는 것을 보게
해달라고 한 것같이.

168) 위나라를 정복하기 위하여 기산으로 여섯 번 출병한 제갈량.

169) 흉노에 잡힌 고조 유방을 여섯 가지 기묘한 계책으로 구출한 진평.

170) 양명학을 일으킨 육구연과 진도량도 둔갑술을 부리지만 신장을 부리
지는 못했다.

171) 송나라의 승상 육수부는 원나라 군대가 공격해와서 성이 함락되자
황제를 업고 바다에 투신했다.

172) 칠칠가기(七七佳期)는 칠월칠석과 같은 좋은 때다.

173) 칠십이자는 공자의 칠십이 명의 제자다.

174) 제갈공명이 칠성단을 쌓고 동남풍이 불기를 기원하듯이.

175) 몸에 옻칠을 하여 문둥병 환자처럼 꾸민 자객인 예양인가.

176) 제갈량이 일곱 번 사로잡았다가 일곱 번 놓아주었다는 맹획인가.

177) 고양씨의 여덟 재자와 고신씨의 여덟 재자 등 열여섯 명의 선인들은 어느 때의 인물이며, 오제 삼황 시대의 금강동자는 어디로 갔는가.

178) 팔진도(八陣圖) 진이란 제갈공명이 만든 중군과, 전후좌우 네 귀퉁이에 여덟 가지 모양으로 만든 전투의 진법을 말한다.

179) 팔천제자(八千弟子)는 항우가 팔 년 동안 거느렸던 강동 출신의 팔천 명의 제자다.

180) 아주 엄청나게 어긋나니.

181) 구십소광(九十韶光)은 구십 일 동안의 봄빛이다.

182) 구천현녀(九天玄女)는 황제와 치우가 싸울 때 병법을 황제에게 전했다는 선녀다.

183) 십악대죄(十惡大罪)는 대명률에서 규정한 모반, 불효, 불의 등 열 가지 큰 죄다.

184) '주류하고'는 '온 나라를 두루 돌아다니고' 라는 뜻이다.

185) 절의와 은둔의 대표 인물인 소부와 허유가 영천에서 귀를 씻은 고사에 비유한 것이다.

186) 충신은 두 임금을 섬기지 않고, 열녀는 두 지아비를 섬기지 않거늘.

187) 범상죄(犯上罪)는 윗사람의 명령을 어긴 죄다.

188) 범증이 옥구슬을 치고 한나라 유방을 죽이려 하듯이.

189) 이두체의 표현으로 '사뢰온 너의 몸이', 즉 '소지장을 올린 너의 죄가'라는 뜻이다.

190) 수절이니 명절이니 하는 것이 무슨 곡절이며.

191) 게다가 새 정치를 시작하는 즈음에.

192) 기괴함이 이것보다 더할 수 없으니 그 죄는 만 번 죽어 마땅하다.

193) 착가(捉枷)는 두 나무 사이에 구멍을 내고 그 구멍에 두 발목을 넣어 자물쇠로 채우는 것을 말한다.

194) 전목(全木)은 두꺼운 널판에 구멍을 뚫어 죄인의 목에 씌우게 만든 형구다.

195) 국곡투식(國穀偸食)은 나라의 곡식을 도둑질하여 먹음을 뜻한다.

196) '드러나지 않게 실질적 이익이나 얻도록 하라' 는 뜻이다.

197) 동변강즙(童便薑汁)은 약재로 쓰이던 어린애의 소변과 생강의 즙이다.

198) 발등거리는 거칠게 만든 허름한 초롱이다.

199) 행자곡비(行者哭婢)는 행상 때 상제를 모시고 가던 남자 종과 여자 종이다.

200) 조인광좌(租人廣坐)는 여러 사람이 빽빽하게 모여 앉아 있는 자리다.

201) 자리가 바르지 않으면 앉지 않고, 자른 것이 바르지 않은 음식은 먹지 않는다.

202) 부중생남중생녀(不重生男重生女)는 다시 자식을 낳는다면 아들은 낳지 않고 딸을 낳겠다는 뜻이다.

203) '차설(且說)' 은 옛 소설의 서사에서, 이야기의 흐름이 바뀔 때 그 첫머리에 하는 말이다.

204) 용이 새겨진 벼루에 먹을 갈아 다른 속을 박지 않고 순전히 족제비 털로만 만든 붓을 반쯤만.

205) 단숨에 글씨를 줄곧 써 내려가니 덧보탤 것이 없을 정도로 문장이 완벽하다.

206) '용이 날아오를 듯이 필세가 기운차고 빠르다' 는 뜻이다.

207) 연소미재(年少微才)는 겸손의 표현으로 '나이가 어리고 재주가 적음'을 뜻한다.

208) 수재곡법(受財曲法)은 재산을 모으기 위해 법을 어기는 것이다.

209) 환과고독(鰥寡孤獨)은 홀아비, 과부, 고아, 자식 없는 늙은이를 말한다.

210) 사송선(賜送扇)은 임금이 내려준 가장자리 없는 부채다.

211) 서리반당(胥吏伴倘)은 신변 보호를 위해 데리고 다니는 서리다.

212) 난장결치(亂杖決治)는 신체의 각 부분을 가리지 않고 쳐서 죄를 다스리는 것을 뜻한다.

213) '반나마'는 '반나마 늙었으니', 즉 '반이나 늙었으니'로 시작되는 민요를 일컫는다.

214) 헌릉(獻陵) 장작은 헌릉 부근에서 나는 화력이 강한 나무 땔감을 말한다.

215) 앙급자손(殃及子孫)은 재앙이 자손에게까지 미친다는 뜻이다.

216) 님에 대한 정을 억제할 수 없고, 보지 못하는 슬픔을 견디기 어렵다.

217) 답인수결(踏印手決)은 인장 대신에 이름과 직함 아래 쓰는 표지다.

218) 발기(件記)는 이두로, 물건의 이름, 금액을 가지런히 쓴 문서다.

219) 백성들의 원한이 하늘에까지 사무쳐서.

220) 객사청청류색신(客舍靑靑柳色新)은 '객사에 있는 푸릇푸릇한 버들 빛깔은 더욱 새롭다'는 뜻이다.

221) '비루먹고'는 병이 들어 털이 빠진 것을 말한다.

222) '굴타리먹고'는 호박, 참외 등의 덩굴이 흙에 닿아 상한 자리를 벌레가 파먹은 것을 말한다. 즉, 병이 들었다는 뜻이다.

223) 아니꼬워 콧방귀 소리만 내며.

224) 설치(雪恥)는 치욕을 풀어줌을 뜻한다.

225) 남녀 자식을 낳은 부부간의 두터운 정.

226) 술집이나 기생집에 어울려 다니는 바람둥이.

227) 문수(問數)는 점치는 것이나 무당에게 운수를 묻는 것을 일컫는다.

228) 안택경(安宅經)은 새로 집을 옮겼을 때 집을 지키는 신들의 보호로 집안의 평안을 얻고자 비는 무속의 경전이다.

229) 삼사미는 아랫배와 두 다리 사이의 세 갈래가 진 곳, 즉 성기를 가리킨다.

230) 호천호지(昊天昊地)는 넓고 큰 하늘과 땅이라는 뜻이다.

231) 세 번 뽑아 나온 효가 적힌 가지를 가지고 내효와 외효의 괘를 풀어 보니.

232) 삼혼칠백(三魂七魄)은 사람이 죽으면 세 가지 혼은 하늘로 올라가고 일곱 가지 백은 땅속으로 들어간다고 할 때의 모든 혼백이다.

233) '심한 봄가뭄 뒤에 단비를 만나고, 천 리 밖 타향에서 옛 친구를 만나는' 반가움을 뜻한다.

234) 상전벽해수유개(桑田碧海須臾改)는 '뽕나무 밭이 변하여 잠깐 사이에 푸른 바다가 된다' 는 뜻이다.

235) 상투바람은 상투를 튼 머리에 갓이나 관을 쓰지 않고 맨머리로 나선 차림을 말한다.

236) 막막수전비백로(漠漠水田飛白鷺)는 '넓고 넓은 물 위에 나는 백조' 라는 뜻이다.

237) 음음하목전황리(陰陰夏木囀黃鸝)는 '짙은 그늘을 드리운 여름철 나무에서 지저귀는 꾀꼬리' 라는 뜻이다.

238) '걸방하여' 는 '어깨 끈을 걸쳐 매어' 라는 뜻이다.

239) 수절원사춘향지묘(守節寃死春香之墓)는 '절개를 지키다가 원통히 죽은 춘향의 묘' 라는 뜻이다.

240) 극성즉필패(極盛則必敗)는 '극도로 성하면 그 뒤에 반드시 쇠함이 따른다는 뜻' 이다.

241) 급경풍(急驚風)은 갑자기 불어닥치는 사나운 바람이다.

242) 염문기(廉問記)는 암행어사가 염탐한 내용을 적은 문서다.

243) 보계판(補階板)은 마루 앞에 잇대어 만든 화반이나.

244) 화문등매(花紋登梅)는 헝겊으로 선을 두른, 꽃무늬가 있는 돗자리다.

245) 만화방석(滿花方席)은 활짝 핀 갖가지 꽃무늬를 놓아서 짠 방석이다.

246) 금으로 만든 그릇의 아름다운 술은 일천 사람의 피요, 옥 쟁반의 아름다운 안주는 일만 백성의 기름이라.

247) 촛물이 떨어질 때에 백성의 눈물이 떨어지고, 노랫소리 높은 곳에 원망 소리 높다.

248) 낙극진환(樂極盡歡)은 놀이의 즐거움은 그 끝에 가서야 비로소 기쁨의 극치를 맛볼 수 있다는 뜻이다.

249) 창고를 열지 못하게 잠그고.

250) 고을의 여러 가지 폐단에 대해 묻고.

251) 논밭의 소유자에게 부과하는 세금의 부정을 묻고.

252) 전곡의 출납에 부정이 있는지를 묻고.

253) 군기를 담당하는 관리에게 병기와 기치 등의 출납 부정을 묻고.

254) 죄인을 다스리려 한 차례 무섭게 매질하여.

255) 우화이등선(羽化而登仙)은 '겨드랑이에 날개가 돋쳐서 신선의 몸으로 하늘에 올라간다'는 뜻이다.

256) 청춘금방괘명(靑春金榜掛名)은 '젊은 나이로 과거에 장원으로 급제함'을 뜻한다.

257) 행차 앞에서 길을 인도하는 사람이 짐승을 쫓는 모양이다.

258) 문전류(門前柳)창외매(窓外梅)는 대문 밖의 버들과 창밖의 매화다.

259) 승일상래(乘馹上來)는 '역마를 주어 오게 하여'라는 뜻이다.

260) 동벽응교(東壁應敎)는 홍문관, 예문관에 소속된 정사품의 벼슬이다.

옮 긴 이 에 대 하 여

설성경은 연세대학교 국어국문학과와 같은 대학 대학원을 졸업했다.

《구운몽》연구를 통해 김만중의 삶이 작품 세계와 연결되는 양상에 대해 지속적으로 관심을 넓혀온 그는, 보통 독서 행위에서 독자가 작중 인물에 자신을 감정이입시켜 향수하듯, 자신의 연구 대상인 김만중과 자신을 동일시하면서 김만중과 같은 새로운 발상과 문학적 깊이를 가진 사람이 되고자 한다.

또한 그는 고전 소설을 단지 순수학으로만 여기지 않고 대중에게 가까이 다가가는 '응용학'으로까지 확대시킴으로써, 우리말과 역사에 대한 뜨거운 사랑을 신국문학 연구의 현안 해결로 드러내었다. 《구운몽》, 《춘향전》, 《홍길동전》연구를 평생의 주제로 삼고 있는 그는 《춘향전》의 작가가 '조경남'임을 밝혔고, 《홍길동전》의 모델을 한·일을 넘나든 민중 영웅 '홍길동~홍가와라'로 제시했다. 그리고 《구운몽》에서는 꿈의 문제를 '환몽(幻夢)'이 아닌 '선몽(禪夢)'으로 해석하는 나름의 쾌거를 이루었다. 2003년에는 《구운몽》, 《춘향전》, 《홍길동전》 3대 고전 소설 연구에 대한 공로를 인정받아 제25회 외솔상(학술 부문)을 수상하기도 했다. 그의 목표는 '순수학'과 '응용학'을 접목시켜 국문학의 새로운 지평을 여는 한편, 우리 고전 문학을 세계 문학사의 당당한 일원으로 올려놓는 데 있다.

춘향전 관련 저술로는 《춘향전의 형성과 계통》, 《춘향전 비교연구》(공저), 《춘향전의 통시적 연구》, 《춘향예술의 역사적 연구》, 《춘향전》(시인사), 《춘향전》(고려대 민족문화연구소), 《춘향전의 비밀》, 《춘향전 연구의 과제와 전망》(편저), 《春香傳の世界》, 《춘향예술사자료집(1~8)》 등이 있다.

대중과 함께하는 고전 문화 운동을 활발히 전개하는 현장 지향의 학자를 꿈꾸는 그는 계명대와 한양대를 거쳐 1982년부터 연세대학교 문과대학 국어국문과 교수로 재직 중이다.

sungjin77@hanmail.net

춘향전

초판 1쇄 | 2005년 2월 28일

원작자 | 조경남
옮긴이 | 설성경
펴낸이 | 김직승
펴낸곳 | 책세상

전화 | 704-1251
팩스 | 719-1258
주소 | 서울시 마포구 신수동 68-7 대영빌딩 3층(우편번호 121-854)
이메일 | bkworld@bkworld.co.kr   world8@chol.com
홈페이지 | www.bkworld.co.kr

등록 1975. 5. 21 제1-517호
ISBN 89-7013-497-2 04810
     89-7013-373-9 (세트)